AF582771

Dávila, Elsa Clara
A vista de pájaro : Cuentos constelados II / Elsa Clara Dávila - 1a ed. - Barcelona / Ciudad Autónoma de Buenos Aires : Miño y Dávila editores, 2024.
174 p. ; 22.5 x 14.5 cm. -

ISBN 978-84-19830-91-3

Edición: Primera. Noviembre de 2024

ISBN: 978-84-19830-91-3

Depósito Legal: M-24958-2024

Lugar de impresión: Barcelona, España / Buenos Aires, Argentina
Diseño y composición: Gerardo Miño
Ilustración de cubierta: Depositphotos_37771077 (licencia adquirida)

Dirección postal: Tacuarí 540 (C1071AAL), Ciudad de Buenos Aires, Argentina
c/López de Hoyos 15 (28006), Madrid, España
Teléfono de contacto: (54 11) 4331-1565
Correo electrónico: info@minoydavila.com
Página web: www.minoydavila.com
Redes sociales: @MyDeditores, www.facebook.com/MinoyDavila

ELSA CLARA DÁVILA

A vista de pájaro

Cuentos constelados II

Para Pedro,

porque, al escribir, su ausencia se convierte en una permanente presencia.

Para mis hijos,

porque le dan sentido a mi vivir este presente.

ÍNDICE

[0]

Prefacio

Este libro, compuesto por cuentos cortos, microrrelatos y poemas, se inspira en situaciones de vida, evocadas desde la perspectiva de un pueblo de la Provincia de Buenos Aires y vistas con la experiencia que otorga la edad avanzada. En muchos relatos se encuentran las reminiscencias de la gran metrópolis donde viví la mayor parte de mi vida, junto con los aprendizajes obtenidos en los últimos años al convivir en una región más rural.

Un hilo conductor une estos relatos: la mirada de un pájaro que, desde lo alto, presencia cada situación como mudo e inmutable observador, desde cuya perspectiva cualquier emoción humana parece insignificante, un mero susurro en el vasto océano de la existencia. Sin embargo, en el plano terrenal, cada experiencia vivida intensamente se convierte en una historia significativa, una chispa en la gran narrativa de la vida.

No hay personajes irrelevantes; cada individuo, con su propia situación y contexto, vive exaltaciones que hacen vibrar su ser, disfruta de alegrías que iluminan su camino, experimenta alivios que le dan respiros, supera dolores que fortalecen su espíritu o sucumbe ante adversidades que ponen a prueba su resistencia.

La mirada del pájaro, elevada y abarcadora, da universalidad a las emociones humanas, tejiendo un tapiz donde cada hilo, cada relato, se entrelaza para formar una constelación brillante en el cielo de la humanidad.

El ave es un símbolo del testigo que observa y no juzga, que presencia y desaparece llevándose la anécdota, no comprometiéndose con los sucesos. Así, los relatos que abordan estas emociones, se transforman en estrellas, cada una con su luz única, formando una constelación que guía y conmueve a quienes las observan.

Elsa Clara Dávila

[1]

Buscando a Buby

"Un hermano puede ser el guardián de la propia identidad, la única persona que tiene las llaves de nuestro yo más fundamental y libre"
Antoine de Saint- Exupery

Juan José Salazar gozaba de todo el éxito y el prestigio que se puede aspirar siendo aún joven. Su origen novelesco, desde que a los cinco años de edad fue recuperado a la vida por una pareja inigualable, sus padres adoptivos, daba vigor y acrecentaba el mérito de todo lo logrado. Era un empresario conspicuo que había forjado su carrera en el rubro hotelero, abarcando ya el ámbito de varios países.

Viajaba con frecuencia, en parte obligado por su labor de dueño de una importante cadena hotelera, y otro poco por puro espíritu aventurero. Le fascinaba emprender cambios, explorar y descubrir lugares. Su mayor fuente de aprendizaje siempre había sido su propia experiencia. Estas se convertían en lecciones de vida de las que siempre sacaba enseñanza. Tenía la inteligencia del sobreviviente, un ser a quien el destino privó de muchas cosas, pero que siempre desafió los obstáculos aprendiendo de las caídas.

Sin embargo, muy frecuentemente y como un moscardón fastidioso, había momentos en que le perturbaba una obsesión que no quería reconocer. Su natural optimismo no le permitía ver que esa momentánea alteración era nada menos que el llamado para encontrar a su hermano perdido hacía tantos años…

Lo recordaba como Buby, sin más identificación y con una mancha de nacimiento que cubría el dorso de su mano izquierda. Sabía que Buby tenía un año menos que él, y pensaba que seguramente ese era el nombre con el que él lo habría llamado desde pequeño. Le sonaba melodioso, cercano. Ambos se llamaban con el mismo nombre, Buby. Era como si se dijeran: ¡Hermano!

Habían sido separados por una nefasta institución que se arrogó el derecho de propiedad sobre sus vidas desde que quedaron huérfanos hasta las edades de cuatro y cinco años, cuando fueron dados en adopción a dos familias diferentes en términos culturales y económicos, como parte de un experimento. Lo vivido en los primeros años de permanencia en esa agencia de adopciones se había borrado de su memoria. Solo recordaba fugaces momentos junto a Buby. En las horas previas al sosiego del sueño veía su mano acariciando la de su hermano, recorriendo con su dedito índice el sinuoso contorno de la mancha natal de su mano izquierda, que llegaba hasta la muñeca.

Un día vinieron por él y nunca más lo vio. Al día siguiente él también emprendía su partida, su verdadero nacimiento a la vida. Esa ominosa institución que ocultó sus verdaderas identidades con absoluto desdén fue clausurada poco tiempo después. Habían intentado experimentar con un par de mellizos la misma premisa que con ellos, la de establecer cuánto influye la genética cuando se crece en ambientes socioeconómicos diferentes. Una experiencia científica aberrante, absolutamente prohibida.

Aunque esos recuerdos efímeros lo asaltaban a veces, él trataba de seguir con optimismo, mirando siempre hacia adelante, esquivando el pasado triste. Pero el deseo de encontrar a su hermano perdido iba creciendo sutilmente en él. En sus tantos viajes, se reconocía observando a hombres de aproximadamente su edad, buscando un parecido. Se sorprendió varias veces al verse sentado en una estación de ferrocarril, a la hora más concurrida, pasivamente examinando a la gente y escrutando rostros de facciones familiares. En otras ocasiones, sentado en la vereda de algún café, con su mirada escudriñadora y su pensamiento hundido en la lejana primera infancia.

Aunque su habitual actividad no le permitía caer en la melancolía, un día, mientras asistía a una reunión de trabajo con distintos empresarios hoteleros, se sintió atraído por un hombre de aproximadamente su edad que asistía a la reunión. Primero fue su mirada inquieta lo que encendió algo en su memoria. Cuanto más lo observaba, más advertía rasgos que le parecían reconocibles. Buscó la forma de entablar un diálogo con él. Éste se produjo al hacer una pausa para tomar un café y relajarse un poco. Solícitamente, le acercó un pocillo con la esperanza de conversar. Se intercambiaron algunos comentarios y de inmediato Juan José notó un acento provinciano en sus expresiones. Presintió su error de inmediato. Efectivamente, ese joven era nacido en Córdoba unos tres años antes que el propio Juan José. El sinsentido de su fantasía se desvaneció y hasta se lo reprochó como un acto de debilidad. No obstante, como se reconocía como un trabajador contumaz que no aflojaba en su entusiasmo por la acción, desvió nuevamente su atención hacia la reunión de trabajo, sin dar lugar a la decepción.

Un día, viajó a otra ciudad por una convención de trabajo que tendría lugar en uno de sus hoteles. Se discutirían condiciones laborales entre varios empleadores y federaciones sindicales. El contrato que se iba a celebrar era de suma importancia y él puso toda su energía en ese evento.

Al finalizar la reunión, se sintió agotado y decidió darse un merecido descanso. Hizo que llevaran su maletín y su laptop a su habitación, junto con el poco equipaje que llevaba consigo. Luego, solicitó que le enviaran un botones y se dirigió al ascensor para esperarlo. Lo saludó amablemente apreciando la profesionalidad del joven que vestía elegantemente el típico uniforme del hotel: una casaca roja con abotonadura cruzada dorada, pantalón negro, guantes blancos y casquete.

Ya dentro del ascensor y al sentirse tan bien acompañado, Juan José Salazar comprendió la importancia que tiene el botones en un hotel. Reconoció que es la primera persona con que interactúan los huéspedes, y, por lo general, la última que ven al abandonar el hotel. Pensó en que es el botones el que proporciona la información más inmediata, ofrece servicio para llevar el equipaje, se anticipa a las posibles necesidades del cliente e incluso recomienda buenos restaurantes o lugares de compras. Tuvo tiempo para reflexionar sobre este oficio mientras se sentía como un pasajero que quería descansar y que finalmente sus necesidades fueran atendidas.

Se dejó guiar hasta la habitación, dejando todos los actos en manos del botones, a quien no dejaba de observar, apreciando su labor desde la perspectiva de un cliente. Una vez dentro de la habitación, Juan José se arrojó en la cama boca arriba, extendiendo sus brazos en cruz, en total relajación. El botones, al notar su cansancio, se ofreció a ordenar su ropa en el armario y a ubicar la laptop y el maletín. Se quitó los guantes y comenzó a trabajar. Dobló, acomodó y colgó cuidadosamente la ropa con minuciosa prolijidad. Juan José lo observaba y disfrutaba verlo trabajar con soltura e independencia. Le gustaba el perfil de su cabeza, le era familiar. Aunque tenía miedo de decepcionarse nuevamente, se atrevió a pedirle que se quitara el casquete para poder verlo mejor. El joven sonrió y accedió. Luego de un rato, Juan José se levantó de la cama deponiendo su esperanza una vez más y, sacando un billete de su bolsillo, extendió la mano para agradecerle su amabilidad con un regalo. De esa manera, ponía fin a su breve ilusión. Al rechazar el joven la propina, él insistió. Con suavidad, le tomó la mano y deslizó el billete en su palma. Un escalofrío le recorrió el cuerpo cuando, al sostener su mano, vislumbró el más maravilloso de los tesoros fraternales: aquella mancha de nacimiento que conocía tan bien. Esta vez no había lugar a dudas; la marca en su mano izquierda era la prueba irrefutable de su identidad. Mantuvo su mano entre las suyas durante unos instantes, acariciando el contorno de la mancha con el dedo índice, tal como solía hacerlo cuando eran pequeños.

Después, al levantar su mirada húmeda y encontrar los ojos del joven, pronunció en un susurro: "Buby". El joven lo miró atónito y, casi sin voz, repitió: "Buby". Se reconocieron en esa palabra como dos pájaros que se identifican por su canto. El sonido quedó suspendido en el aire de la habitación del hotel, resonando a la vez como una pregunta y una afirmación.

El silencio también tiene sus respuestas. Un abrazo sin tiempo los envolvió. Fugaces imágenes de su infancia en el orfanato regresaron a sus mentes, y se miraron largamente, reconociéndose, al fin, como hermanos.

No hubo testigos de esta escena conmovedora; salvo un pájaro que, posado en la ventana, desplegó sus alas y voló, llevándose consigo el mudo testimonio de ese reencuentro.

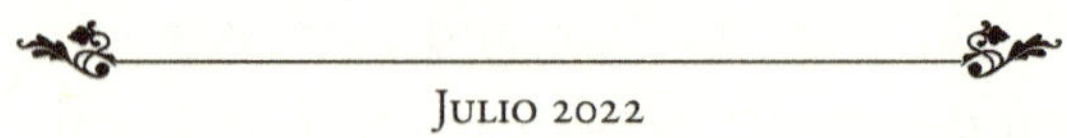

Julio 2022

[2]

La libreta azul

El perfil de la aldea se recortaba nítido sobre un cielo diáfano, apenas empalidecido por el humo de las chimeneas. Las casas, de estilo casi uniformado, ostentaban sencillez y fortaleza. A ambos lados de la calle se alineaban los árboles de frondosas copas verdes que, rozando los tejados rojos, contrastaban colores, dejando filtrar los rayos del sol por entre el follaje. Las coquetas chimeneas competían con sus distintos volúmenes y alturas, exhalando su aliento al frío de la mañana. Un encaje de luz y sombras que se formaba sobre la calzada daba la última pincelada de armonía y equilibrio al cuadro.

Klarysa nunca se cansaba de contemplar su aldea; lo hacía con la fruición con que se mira al ser amado. Con su talento de escritora y su vocación de poeta le había ofrendado muchos versos e historias de vidas que palpitaban dentro de esas casas. Ese era el mundo que latía a su vista, tan familiar como querido. Las palabras, como notas musicales, habían compuesto hermosas melodías en su libreta azul, siempre consigo, donde volcaba el producto de su maravillosa creatividad.

Su última composición había sido una historia sencilla pero conmovedora, la de Lera Serediak. Una historia que aún la estremecía, no por original ni única, sino porque era ya un ícono de la experiencia recurrente de tantas mujeres de su aldea, que habían visto partir hijos y nietos en busca de un porvenir promisorio, un estudio, una carrera, o una aventura, todo lo que esa apacible aldea no podía ofrecer. Lera Serediak, quedando para siempre anclada a un pueblo inmutable, ocupaba ya un lugar entre los relatos de su libreta azul.

Ahora la imaginación de Klarysa necesitaba un villano, un perverso a quien vencer en un cuento, haciendo que prevalezca la justicia, la verdad y la belleza en la trama de una narrativa. Ese apacible lugar no podía ser el escenario de una lucha. Debía buscar sitios remotos, exóticos, donde abrevar su inspiración para que el diabólico ser cayese destruido, haciendo prevalecer el bien.

Severas amenazas a la paz que perturbarían su aldea habían llegado a sus oídos. No estaba en su potestad entender las causas de tal situación, o más bien, se negaba a comprenderlas. Por eso no dio crédito a lo que primero fueron rumores y luego se convirtieron en generalizados comentarios. Las voces que se alzaban a su alrededor, preanunciando momentos difíciles y caos, no llegaban a su interior.

¡No! Estaban equivocadas, su aldea nunca podía ser el escenario de una catástrofe. Sin embargo, su cuerpo intuía un drama. Guiada por esa experiencia mística de la imaginación, iba recorriendo mundos, descubriendo personajes, hilvanando conflictos, detectando enigmas, revelando verdades. Y así, Klarysa iba bordando el tapiz de sus cuentos, en su libreta azul, alejada de la realidad que la circundaba, cada vez más atemorizante.

En el delirio de una inspiración, se encontró componiendo un cuento en primera persona. Ese personaje fantástico, huyendo del perverso, corriendo por las calles de su aldea, dispuesto a inmolarse por el bien, era ella.

Sintió temblar la tierra bajo sus pies, como un terremoto oculto en el corazón del planeta. Oyó truenos, como si una tempestad estuviese descargando su furia destructiva sobre su sosegada comarca, y vio derrumbarse muros. Cayó de rodillas sobre piedras que rodaban y se levantó con la sensación de que una velada cortina de humo negro, que olía acre, engañaba su vista.

Nuevamente las palabras golpeaban su mente. Quería escribirlas en su libreta azul para inmortalizarlas, temerosa de que ese fogonazo de inspiración se apagase, segura de que no era real lo que vivía y de estar experimentando, con su portentosa creatividad, el más alucinante sueño.

Siguió adelante, arrastrándose casi, y percibiendo el calor del fuego circundante. Todo ardía.

¡Qué magnífico cuento estaba, al fin, creando! Sin necesitar alejarse demasiado de su casa, había palpado el poder del mal, de ese mal que tanto había buscado en su fantasía, en lejanos lugares, para poderlo precisar y vencer. Se sentía compelida a hacerlo por un dictado de su subconsciente y luego darlo a conocer, anunciarlo, nombrarlo con palabras. Se aferró con determinación a su libreta azul, que sería el testimonio verbal de este sopor.

Nuevamente un estruendo estalló en sus oídos, y la tierra tembló bajo sus cansados pies. Ahora todo olía a cremación, e incluso sus ropas, polvorientas y chamuscadas, se destrozaban en su reptar entre escombros.

Quería plasmar en palabras lo que percibía y vivenciaba, pero su garganta no tenía ya voz, y su libreta languidecía. ¿Cómo concluiría su tan anhelado cuento? ¿Qué nombre daría al malvado que estaba profanando su aldea?

Ya sin palabras, se sintió vacía, sin aliento, desfallecer… Tendida, sin fuerzas, sintió que su cuerpo levitaba ascendiendo por encima del humo, dejando caer, en su despegue, entre las escorias y las ruinas, su libreta azul. La melodía de las palabras se había silenciado, y solo una, monocorde, prevalecía entre las taciturnas hojas…

"¡Guerra!".

Abril 2022

[3]

El último arpegio

Era un joven, idealista y sentimental. Disfrutaba de la música, de navegar por aguas calmas, de los bellos paisajes, de las largas tertulias, de los postres con crema, de componer canciones románticas, de mujeres bonitas y de Ravello, su lugar en el mundo, su paraíso en la costa amalfitana.

El Festival Internacional de Música que se realizaba en Ravello una vez al año lo retenía en ese lugar por largo tiempo. Su sitio favorito era una posada con bar, salón de música y una gran terraza desde donde se apreciaba el mar y las casas de variados colores colgadas de las rocas, desafiando al Tirreno desde las alturas. Los suaves vientos marinos acariciaban las veladas musicales en las cálidas noches de agosto. Él lo gozaba.

Marina formaba parte de Ravello. Contratada por el hostal como pianista ejecutaba canciones gondoleras, suavemente, para crear ambiente de ensueño para los turistas y para los enamorados que encontraban allí el espacio ideal para echar a volar sus sueños. Por las noches, en la penumbra habitual del lugar y debido a la ubicación del piano, solo se veía su perfil veladamente. Era bonita, su grácil figura se recortaba meciéndose al son de la canción que interpretaba. Él se le acercó atraído por la dulzura de su música y por su belleza y, como tantos otros, se enamoró de ella. Pero, a diferencia de los demás, su amor fue correspondido.

Marina le inspiraba melodías que ella ejecutaba imprimiéndoles su propio estilo y su marca personal, consistente en ralentizar los últimos compases como una manera de adelantar el final de cada pieza. En su mayoría, eran barcarolas, melodías que acompañaban la cadencia de los remos. A él le sorprendía y agradaba ese detalle particular de sus interpretaciones. Un día le preguntó por qué lo hacía y ella, recordando la respuesta que la gran Maia Plisetskaya dio cuando le preguntaron por qué ralentizaba tanto los aleteos en *El lago de los cisnes*, dijo de igual modo: "Porque puedo".

Había ocasiones, sobre todo durante el festival de música, en las que muchos de los visitantes del lugar eran compositores deseosos de ejecutar su propia creación con sus distintos instrumentos. En esos momentos, Marina se alejaba del piano y dejaba la sala para la libre interpretación de aquellos que se animaban a hacerlo, convirtiendo la velada en un contrapunto de canciones y llenándola de voces acompañadas por una amplia variedad de instrumentos. Él se unía a Marina y ambos disfrutaban escuchando a los músicos y gozando inmensamente del momento y de estar juntos. Así se sucedieron muchas veladas en las que ambos atesoraron ese intenso verano lleno de felicidad y alegría.

Sin embargo, una creciente opacidad en su visión precipitó el regreso a su ciudad natal. A pesar de no quererlo se vio obligado a alejarse. Una vez en su país, acudió de inmediato a la consulta de su oftalmólogo de confianza. Se sometió a estudios en diversas clínicas especializadas. Con la compañía de sus dos hermanos, Paula y Joaquín, viajó a otras ciudades para consultar a prestigiosos médicos experimentados en ese tipo de afección. Aunque se presagiaba lo peor, se hicieron todos los intentos posibles para revertir tan triste desenlace. Pero todo fue en vano.

Necesitó mucho tiempo para aceptar su discapacidad, elevaba sus apagados ojos al cielo buscando una respuesta. Así pasó dos años de sufrimiento, rebeldía y angustia. Pero el proceso de superar los desafíos de la ceguera le fue proporcionando fortaleza.

Finalmente llegó la aceptación. Un día Paula le sugirió que intentara volver a su música que lo conectaba emocionalmente con el mundo, que recorriera los mismos caminos que había transitado cuando era tan feliz, retomando su vida anterior. Ella y Joaquín se ofrecieron a acompañarlo en ese recorrido. Así fue que él, cautivo de la oscuridad, con mil sensaciones presentidas e imaginadas, decidió volver a Ravello y mostrarles la belleza del lugar. Les señaló, sin poder verlo, el mar Tirreno, las casas colgadas de las rocas, la sinuosa costa amalfitana, las barcazas navegando por el mar y la posada, con su emblemática terraza donde había sido tan feliz. Quiso mostrarles todo basándose en sus recuerdos. Su intuición le advertía que quizás hasta podría mostrarles a la hermosa mujer de quien se había enamorado, pero no estaba seguro de si la encontraría.

Era de noche cuando entraron. Se respiraba una atmósfera de magia, el piano sonaba mansamente. Él los guiaba con seguridad, sorteando cada objeto con su memoria. La melodía lo acercaba cada vez más al piano. La música trascendía sus límites visuales. Paula y Joaquín se detuvieron, dejándolo avanzar solo, inmerso en su exaltación.

Más allá del muro de sus ojos pudo percibir con todos sus sentidos que era Marina quien acariciaba las teclas tan dulcemente. ¿Quién otro podría ser que ralentizara de ese modo los compases finales de esa barcarola que él había compuesto para ella? Se detuvo a sus espaldas, esperando el último arpegio, luego extendió su mano derecha por encima del hombro de Marina, y la llevó hasta el teclado completando, al unísono, las últimas notas de ese arpegio final: sol, si, re, sol, que se fueron apagando, una tras otra, perdiéndose como gotas de agua en el mar. Luego, silencio.

Marina cubrió la mano de él con la suya en un sutil gesto de reconocimiento. Se puso de pie y lo miró con sorpresa. Al tenerlo frente a ella, comprendió todo. Había sospechado que algo grave había ocurrido en su vida, pero nunca imaginó lo que ahora confirmaba. Su ausencia durante tanto tiempo había tenido una razón.

Sintió consternación, pero después le sobrevino un sentimiento de ternura infinito. Lo abrazó, sintiendo que ahora lo amaba más que antes.

Él había vuelto, estaba allí, sumido en una noche oscura, sin luces, sin colores ni formas, pero feliz. La felicidad radicaba en su amor por Marina y su pasión por la música. Una conexión que trascendía las barreras visuales proporcionándole la satisfacción única de desafiar las tinieblas.

El último arpegio de la barcarola se había silenciado, pero una nueva melodía que un ave se llevó consigo por sobre los acantilados de Ravello acababa de nacer.

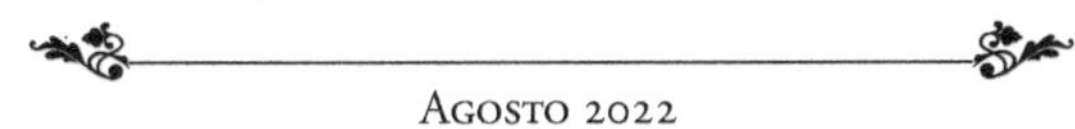

Agosto 2022

[4]

El combate

El ejército del rey, arengado por la reina, una mujer cuyo único objetivo es destronar al enemigo por una desmedida ansia de poder, avanza a pasos cortos, como para no despertar sospechas. Con su mente táctica, ella ha planificado cada detalle del ataque. Uno a uno, sus soldados se posicionan estratégicamente, ganando terreno sobre el enemigo y utilizando todos los recursos posibles para vigilar sin ser detectados.

Al frente, marchan los osados francotiradores, moviéndose con rapidez en diagonales avanzando, poco a poco, y parapetándose tras de los sólidos torreones de la muralla. Ya están a las puertas de la mansión feudal. Despojada de su feminidad, la reina ha montado su blanco corcel, dispuesta a librar la batalla que su marido no se atreve a encarar. Tiene tanto coraje como ambición. Se desliza majestuosa, envuelta en una capa roja, al compás de su caballería.

La inmediatez de la invasión ha tomado por sorpresa al enemigo, que apresuradamente alista a su ejército para responder al ataque; a veces, acometen, otras huyen con ligereza. Los invasores continúan avanzando con audacia, obedeciendo las órdenes de su reina, a quien respetan y admiran. Piensan que, como Lady Macbeth, esta mujer de coraje ejemplar, solo pudo engendrar hijos varones. Están dispuestos a todo, incluso a ofrendar sus vidas por ella.

El combate dura un tiempo. Sin reparar en las bajas letales en ambos bandos y utilizando las más sofisticadas tácticas bélicas, logran cruzar el puente justo antes de que se eleve sobre la fosa. Ella atraviesa el patio de armas en dirección al rey enemigo, quien ya se encuentra en el campo de batalla. Se oye el relincho de su corcel que, a la orden de las riendas, se encabrita sobre sus patas traseras, y como un rayo, se vislumbra el plateado brillo de la espada que el rey, derrotado, arroja sobre las piedras.

El joven Lucas, exultante, exclama: "Jaque mate", a lo que su padre, satisfecho a pesar de haber perdido la partida, admite sentencioso y con orgullo: "El alumno ha superado al maestro".

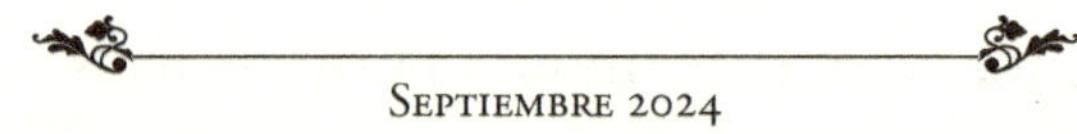

Septiembre 2024

[5]

Anatomía de una espera. *Ensayo sobre la paciencia*

Sólo cuando lo pensamos el tiempo se hace realidad. Como el aire, nos rodea sin notarlo. Pensamos en él y entonces existe. Viene hacia nosotros como un tren que avanza inexorable, sin freno. Aunque a veces se detiene y parece que se hubiera clavado en las vías. No avanza. Pesa. Lo percibimos porque está en cada latido de nuestro corazón, en el pulso, en el tictac del reloj, en el rítmico movimiento del péndulo, en el silbido de la respiración.

Luego de varias horas de intentar salir de mi reclusión comprendí que mi único problema sería el tiempo, y que, como el tren, mi tiempo se había clavado en las vías.

Era evidente que estaba encerrada, que no tenía modo de escapar del aislamiento. Estar recluida en un lugar completamente abierto parece contradictorio. No había paredes que me rodearan, ni oscuridad. No era eso parecido a una celda, pero yo me sentía presa. Todo era abierto a la luz y al espacio. Sólo me rodeaba una reja que me separaba del vacío. A la altura de un octavo piso, en un balcón, en plena Ciudad de Buenos Aires, frente al Congreso de la Nación… es raro sentirse encerrada. Pero esa era mi situación.

Hay una línea borrosa entre lo accidental y lo intencional. ¿Había sido un descuido, una torpeza de mi mano o tal vez una voluntad oculta? ¿Una acción deliberada destinada a causar un efecto? Nada consciente estuvo en mis planes cuando decidí salir al balcón a limpiar los vidrios de la puerta. En shorts y ojotas, con el limpia vidrios en una mano y una revista para usar en el secado de los vidrios en la otra, quise aprovechar la luz del sol que por el oeste iluminaba bien, y salí al balcón llena de energía.

Con una vista espectacular y el edificio del Congreso como centro de la mirada, rodeado de espacio abierto que permite una visión hasta de una cuadra más lejos, el balcón es un lugar ideal para estar un rato contemplando el paisaje. Los edificios circundantes parecen haberse retirado unos pasos para dar protagonismo a la mole que se alza entre Rivadavia y Combate de los Pozos. Siempre ese momento de contemplación lo hacemos de pie. En el balcón solo hay dos sillas de hierro blancas, pequeñas, en las que nunca nos sentamos. Están ahí por decoración, o porque nunca encontramos el lugar indicado para ellas. Son, además, sillas incómodas. No sé por qué ni cuándo las compramos. Creo que fue para llenar un espacio vacío en un pasillo de nuestra anterior casa.

Sí, ahora lo recuerdo bien, como supimos que no nos íbamos a sentar nunca en ellas, no nos importó que el hierro del asiento, algo inclinado hacia atrás, cortara la circulación de las piernas al momento de permanecer sentado un rato. Por esa razón nunca permanecíamos mucho tiempo en el balcón. Las habíamos comprado porque eran lindas, estéticas, aunque inútiles. Gozábamos de igual vista sentados en los cómodos sillones del living, separado del balcón por esa puerta de vidrios que yo intentaba limpiar. Allí, cómodamente, contemplábamos el exterior.

Los 31 de diciembre que pasamos en ese departamento, (no muchos, preferimos siempre una casa más grande), permanecíamos un rato mayor en el balcón, siempre de pie, solo a las 12 de la noche cuando echaban a volar esos fuegos artificiales que estallaban formando flores, estrellas y cascadas en el cielo y que caían como astillas sonoras sobre la cúpula del Congreso. Era una estampa emotiva que nunca queríamos perder. Ese día era la víspera, 30 de diciembre, día de encuentros de amigos, de cenas, copas y despedidas. El plan había sido reunir, la noche siguiente, algunas pocas personas que están solas y recibir el 2024 juntos para poner un toque de esperanza y alegría al nuevo año. Yo pensaba quedarme para poner la casa linda y preparar la cena de fin de año, mientras que Mercedes se preparó para su encuentro con amigos que, seguramente, duraría hasta entrada la madrugada. Quedé sola en la casa y me dispuse, con entusiasmo, a emprender todas las tareas que tenía planificadas.

El movimiento con que intenté cerrar un poco el vidrio para abarcar más superficie y limpiarlo mejor fue, sin dudas, excesivo. La puerta se cerró dejando oír un "clic" que me dejó separada del mundo. Los primeros momentos fueron de confirmación de que me hallaba imposibilitada de acceder al departamento, encerrada fuera de casa, en una celda aérea. Busqué la comunicación con algún vecino para pedir ayuda. El único modo de ayudarme era dar el número de teléfono de Mercedes a quien fuera, y pedir a ella que venga en mi ayuda. Sólo ella tenía llaves para entrar al departamento. A mi derecha, en el mismo piso, sólo tenía una ventana, alejada unos dos metros, y un balcón. Ambos se hallaban cerrados. En el balcón había un tender con ropa tendida. Eso me dio la esperanza de que, en algún momento, alguien saliera a recoger esa ropa. Siempre a mi derecha, podía ver las ventanas y los balcones también de los pisos séptimo y noveno. Persianas cerradas, nadie que me viera. Hacia la izquierda tenía la esquina del propio edificio que continuaba por la calle transversal a Rivadavia, Riobamba. Enfrente, otro edificio imponente: el anexo del Congreso, con un estilo más moderno y simplista. Toda su fachada es de vidrios y todo nuestro edificio se refleja en él como en un espejo. Muchos aprovechamos esta reflexión para visualizar, como si fuera un portero eléctrico con cámara, todo aquél que se acerca a la entrada a tocar el timbre.

Con el único objetivo de llamar la atención a alguien para pedir ayuda, se me ocurrió acercarme al extremo izquierdo del balcón y hacer todo tipo de señales corporales grandilocuentes, como un náufrago, intentando ser vista en el espejo del edificio de enfrente, quizá por la encargada que vive en el último piso y puede abarcar con su mirada todo el frente de nuestra casa.

Otra forma quizá más efectiva de hacerme ver en el espejo era pasar por encima de la baranda de reja del balcón y acceder a una pequeña plataforma que alguna vez fue un macetero, pero que ahora está cubierta por baldosas. Claro que esa plataforma no tiene baranda. El vacío desde un octavo piso se hace tan peligroso como acercarse a un acantilado frente al mar. Por un instante consideré la probabilidad de acercarme más al espejo de esa forma, pero me vino el recuerdo del trágico suicidio que ocurrió hace un año, cuando desde esa misma plataforma, se había arrojado al vacío un joven vecino del séptimo piso. Su dramático suicidio me devolvió la cordura.

Otra idea insensata que cruzó mi mente pero que descarté en un arranque de cobardía, fue asirme a un haz de cables que pasaba muy cerca de la reja de mi balcón, deslizarme por él hasta hacer pie en el balcón de abajo. Eso me hubiera devuelto la libertad de inmediato, pero no sé si hubiese resistido el vértigo, o los cables mi peso.

Llegaban a mis oídos todos los ruidos de la calle: gritos, risas, autos, motos, alguna sirena, elevadores de contenedores de basura, pero nadie me podía oír a mí. Inútil intentarlo. "¿Es que nadie habita el edificio hoy? –pensé–, ¿nadie que me oiga…?". Pero no. Se trataba de un día para salir a hacer alguna compra, para reunirse con familiares, para festejar. A nadie se le había ocurrido, como a mí, quedarse arreglando la casa para el último día del año.

Recordé entonces que en la azotea había una cámara de la policía que enfocaba hacia abajo. Me até un pañuelo a un dedo y comencé a flamearlo porfiadamente sacando mi brazo por la baranda del balcón intentando ser captada por la cámara. Luego pensé que el simple revoloteo del pañuelo blanco no era suficiente señal de pedido de auxilio y asomé medio cuerpo hacia afuera, mirando hacia arriba y tratando de dramatizar con mi rostro, como en una actuación, el mayor grado de desesperación. Pero no obtuve resultados, solo desazón.

Pasé largo rato, siempre de pie, mirando el balcón de mis vecinos más próximos, los del tender. Esperaba que en algún momento volvieran. Yo no tenía conciencia de la hora. El tiempo había escapado de mi percepción y los rayos del sol que se habían vuelto horizontales, ya estaban desapareciendo por el oeste de la calle Rivadavia.

En eso, en el balcón del noveno piso, advertí dos ojos que me miraban: eran los de un gato que me los clavaba con curiosidad. Se encontraba tranquilo. Nos quedamos mirándonos. No sé cuánto duró el cruce de nuestras miradas porque yo tenía fuera de mi conciencia el factor tiempo. Sólo sé que mientras lo observaba, observándome, alimenté la esperanza de que algún ser humano apareciera en el balcón para permitirle entrar. Hasta me solidaricé con él pensando que se hallaba encerrado, como yo.

Nuevamente ajena al tiempo, no sabiendo si fue mucho o poco el lapso transcurrido, de repente noté que el gato había desaparecido. Mi ansiedad me había hecho creer que se encontraba encerrado, pero no, aunque yo veía una persiana baja, ésta seguramente no estaba baja del todo y dejaba una apertura para que el gato se moviera con libertad. Sentí que me había defraudado.

El continuo y permanente fragor de la calle me aturdía y comenzó a verse interrumpido por voces que aumentaban su volumen más y más. Entonces miré hacia abajo tratando de controlar el vértigo que sentía y vi avanzar por la calle Rivadavia una muchedumbre precedida por motos de la policía tocando sirenas. Gritaban un nombre y todos coreaban: "¡Presente!". Portaban pancartas con fotos de las 194 víctimas de Cromañón. Esta escena me hizo olvidar, por unos instantes, mi angustia. Fue como ver un espectáculo desde la tertulia de un teatro. "¡Tanta vida homenajeando tanta muerte!" –pensé. Marchaban, como todos los años, desde Plaza de Mayo hasta Plaza Once. Luego se fueron alejando y sus voces apagando.

Empezaba a oscurecer, el tiempo iba pasando. Lo único que podía hacer era esperar el regreso de Mercedes. Cuando pensaba en ella, me inquietaba por imaginarme qué hora sería, quería saber cuánto más tendría que tolerar ese cautiverio. Pero no tenía indicios para calcular la hora más que la decreciente luz solar.

De a poco, el incesante ronroneo de motores empezó a llenarse de ruidos metálicos que se repetían en forma regular. Cuando se hicieron más y más potentes sentí un bienestar curioso: me estaban informando que eran alrededor de las nueve de la noche. Ese cacerolazo significó para mí quizá mucho más que para los pocos manifestantes que todos los días se reunían para expresar una protesta.

Era el primer indicio que me traía el concepto "tiempo" a mi realidad porque ese acontecimiento se repetía siempre alrededor de las 9 de la noche y duraba, más o menos, una hora. Ya todo era cuestión de tiempo. A esta altura no pretendía que nadie me auxiliara comunicándose con Mercedes. No intentaría más nada. Tendría que esperar hasta la madrugada y la pesadilla llegaría a un fin. Estaba viviendo una experiencia nueva: escucharme, practicar la paciencia, la aceptación y la confianza en mí misma.

Ya era de noche y los faroles de la calle se habían encendido. Hasta los ruidos habían cambiado. Era menor el transitar de autos, motos y peatones. Comenzó a soplar un viento del sur que fue creciendo en intensidad y haciendo bajar la temperatura notablemente. Desabrigada como estaba, comencé a sentir frío. Se me empezaron a helar los pies, primer síntoma de mi inadecuación al ambiente. Muchas veces el clima se percibe en esa esquina como muy ventoso y con cambios abruptos. La única solución para resguardarme en la noche que me esperaba era el movimiento. Comencé a hacer ejercicios con las piernas, luego también con los brazos y todo el cuerpo. Aunque el espacio era chico, me propuse caminar. Estimé que el balcón tendría unos cuatro metros de largo y calculé entonces que si recorría veinticinco veces el largo del balcón habría caminado una cuadra. Contaba los pasos, contaba las veces que recorría el balcón, contaba las cuadras que me proponía caminar. Pero no podía contar el tiempo y ya el cansancio me abatía. Con un constante empeño en controlar mi cuerpo y mi mente para mantenerme fuerte, sentí ganas de llorar... pero las contuve. Necesitaba demostrarme a mí misma que yo lo resistiría todo.

El cuerpo me pedía reposo, sentarme, descansar. Probé una silla, pero inmediatamente se incrementó el frío de mis pies por la incómoda posición. Entonces, rendida, me tiré al piso. Formé una especie de alfombra con hojas de la revista que tenía conmigo para protegerme del frío suelo y me forré los pies con el resto de las hojas. Sentí alivio. Pensé: "Nada malo me puede pasar, estoy sana, no tengo dolores, sólo frío y cansancio. Es cuestión de paciencia". Me recosté sobre el vidrio, cerré los ojos y experimenté satisfacción al pensar que había conseguido conservar la calma, no descontrolarme y no llorar. Sentí orgullo. Era más fuerte de lo que había imaginado. El cansancio me cerraba los ojos, pero los trataba de mantener abiertos para no dormirme. Temía que, a su regreso, Mercedes me encontrara dormida y se asustara.

Desde el piso mi visión hacia abajo se achicaba, sólo veía la vereda de enfrente, la esquina de Combate de los Pozos y Rivadavia. Poca gente circulaba a mi vista, pero detuve mi observación en una mujer que, parada en la vereda, parecía estar esperando... como yo. Mi mirada era como la de un dron, desde arriba. La observaba con la misma curiosidad con que el gato me había estado observando a mí. No veía su rostro, pero sí su cabello largo que continuamente tocaba. No alcanzaba a ver sus manos, pero una lumbre que se encendió en la semi penumbra me dijo que estaba fumando. Yo esperaba ansiosa ver acercarse alguien a ella, darle un abrazo y seguir su camino juntos, pero pasaba el tiempo y nadie se le acercaba. Vi nuevamente la lumbre: había encendido otro cigarrillo. Se movía un poco, caminaba desde el cordón de la vereda hasta la pared de la clínica de ojos. Por momentos se apoyaba en la pared, y volvía la lumbre. Otro cigarrillo. "¡Pobre mujer! –pensé–, se le está haciendo difícil la espera". Analizaba su situación e imaginaba cosas como si yo no estuviera viviendo también una espera. No, yo estaba leyendo un libro de desencuentros, yo estaba feliz...mi situación estaba controlada. Después de unos 6 ó 7 cigarrillos dio media vuelta y, con paso firme, se fue sola caminando por Combate de los Pozos hacia Hipólito Irigoyen. Su paciencia se había agotado. Fue entonces que volví a mi realidad... Quizá me faltaban horas de espera, no lo sabía, pero estaba aprendiendo el valor de la paciencia, de esa que tiene el mar para limar las asperezas de las rocas, o la semilla, para esperar las cuatro estaciones, o la torcaza que persiste en poner ramita tras ramita para formar su nido...

Tumbada sobre el piso veía el interior del departamento. Había dejado una luz prendida, la de la cocina, y su fulgor llegaba hasta el living. Lo vi hermoso, los sillones, la mesita ratona, el televisor, la computadora de Mercedes. ¡Sentí tantos deseos de estar allí adentro! Era como querer volver al hogar después de una larga ausencia. Creo que pasé horas en esa posición, esperando. Me imaginaba a Mercedes entrando y el haz de luz agrandándose cuando ella abriera la puerta.

La paciencia no es pasiva, es una cualidad activa, es fuerza concentrada. Yo la ejercité haciendo todo tipo de trucos con mi mente. Imaginaba, por ejemplo, que ya Mercedes estaba entrando al edificio. Entonces le puse tiempo a cada acción que ella tendría que realizar: abrir la puerta de abajo, caminar hasta el ascensor, entrar a él, tocar el botón del octavo piso, subir, luego abrir y cerrar la puerta del ascensor, caminar hasta nuestra puerta, abrirla con las dos llaves, y entrar. Contaba cada acción con segundos o minutos... Cuando llegaba al momento de su supuesta entrada, esperaba que el haz de luz se ampliara, pero esto no ocurría. Entonces volvía a empezar. Nuevamente Mercedes abría la puerta de abajo, caminaba hacia el ascensor...

Repetí el pasa tiempo varias veces. Y así, mi paciencia se fue fortaleciendo.

La vida es efímera en comparación con la vastedad del tiempo cósmico, pero la vida está hecha de momentos y yo estaba experimentando un momento que parecía eterno. En lo más íntimo sabía que solo el dejar fluir el tiempo me liberaría. Pero eso implicaba esperar, tener la fortaleza de aceptar que solo el transcurrir de las horas pondría fin a mi encierro.

La ropa del tender del 8° C seguía sacudiéndose al frío viento cuando llegó Mercedes. La vi entrar, pero ella no me vio a mí. Llamé su atención golpeando mi anillo al vidrio para que me oyera. Ella nunca se hubiera imaginado encontrarme acostada en la oscuridad del balcón. Todo mi ser le dio la bienvenida, me abrazó, me ayudó a ponerme de pie, me preparó una rica sopa para quitarme los temblores mientras yo me daba una ducha calentita. Esa noche fui feliz, había aprendido mucho, había comprendido que la paciencia en sí no es una capacidad sino la forma en que nos comportamos mientras esperamos. Había superado mi mente asustadiza poniendo al mando de mis acciones otra parte de mí, y llegué a pensar que no había sido una "torpeza accidental" la que me había puesto en esa experiencia, sino que había sido convocada por mi alma y que fue ella la que me guió para gestionar tan rica vivencia.

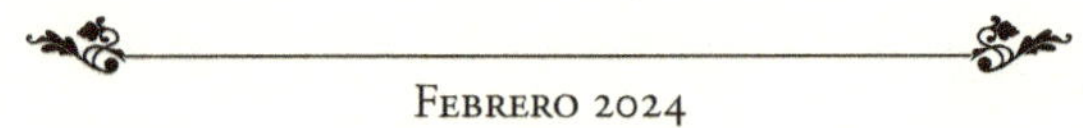

Febrero 2024

[6]

Engaño

De tanto en tanto, brillaba sobre su conciencia un destello fugaz de arrepentimiento. Cuando lo compartía con Gastón, lo sentía diferente; era como si el remordimiento se convirtiera en un deseo momentáneo de que las cosas no se hubieran realizado tal cual fueron, que hubiera quedado un vestigio de posibilidad de haber reflexionado antes de actuar, de que parte de lo ocurrido no hubiera sucedido. Quizá se trataba de una sensación de temor a una justicia postrera.

Gastón no se arrepentía de nada. Todo lo actuado había sido perfectamente pergeñado, diseñado y ejecutado exitosamente. Los resultados estaban a la vista: habían gozado, como nunca, de unas vacaciones junto al mar en un lugar paradisíaco, como jamás lo hubieran soñado. Habían logrado detener el tiempo en un mes estival, haciendo del presente el más maravilloso momento. Habían jugado a ser protagonistas, actuando un guion de fantasías. Habían podido realizar juntos la gran hazaña del engaño más vil e infame, abusando de la vulnerabilidad de esa pobre mujer, haciendo uso de su genuina inocencia. Se habían apoderado de todos sus ahorros, incrementados recientemente por una herencia, con un plan esbozado sin conmiseración ni empatía.

Tania se desempeñaba como enfermera en el centro médico al cual concurría esa mujer, quien, habiendo sufrido recientemente la pérdida de un ser querido, se hallaba en un estado de stress emocional que la ponía en total indefensión y necesidad de confiar en alguien. Por eso le fue fácil acceder a las confidencias, mantener diálogos inquisidores y una mayor frecuencia de contacto, llevándola hasta el extremo de dar su ayuda domiciliaria, ofreciéndose, solícitamente, a cuantos requerimientos la mujer tuviese.

Gastón también participó de la ficción haciéndose pasar por el remisero cordial que, solidariamente, ofrecía acercarla a la clínica, al laboratorio de análisis e incluso al banco donde ella resguardaba su dinero.

¡Todo había resultado ser tan fácil! Luego se habían mudado a otra ciudad y comenzado una vida nueva, tan diferente, llena de confort y caprichos satisfechos. Muchas veces reían al recordar a esa ingenua mujer, asida a su cartera, caminando confiada del brazo de Gastón.

Pero, últimamente, Tania había empezado a dar señales de que no siempre le causaba risa su recuerdo. A veces, al pensar en las pasadas vacaciones, una nube turbaba su conciencia. Se preguntaba: "¿Qué será de la vida de esa mujer actualmente?", a lo que Gastón respondía elevando los hombros, como muestra de su absoluto desinterés por el tema. Pero ella insistía diciendo: "Me pregunto si le habrá afectado mucho… y… si vive… ¿qué recuerdo le habrá quedado de nosotros? ¿querrá vengarse?".

Entonces era Gastón quien tomaba la palabra tratando de persuadirla para que no siguiera pensando en ella. Su extremado pragmatismo le hacía decir cosas como: "Hay que recordar lo vivido, lo gozado, no arrepentirse jamás por lo hecho si de eso se obtuvieron momentos felices…". Y hasta agregaba: "¡Basta, Tania, de pensar en ella! Su momento ya fue, y fue para el bien nuestro… ¿De qué sirve darle más vueltas al asunto?… Andá a saber si vive todavía".

Había veces en que estas respuestas de Gastón la apaciguaban, y dejaba de pensar, y volvía a ser feliz. Pero otras veces, su ánimo cambiaba y nuevamente sentía esa rara sensación que, más que arrepentimiento, era temor. Gastón percibía esos abruptos cambios en el ánimo de Tania y no los soportaba más. "Yo sólo me arrepentiría de no haber actuado como actué", solía decir, orgulloso de su convicción. "Esa mujer ya no existe, en nuestras vidas, al menos, Tania", insistía. "Y quizá ya no exista en este mundo. Han pasado dos años… No mires más para atrás… tenemos toda la vida por delante, y no nos tenemos que arrepentir jamás por haber querido vivir bien. No pienses más en ella".

Sin embargo, Tania, cada vez con más frecuencia, seguía ensimismada en esos pensamientos. Sentía, más que el dolor por el mal causado, un temor por el mal que podía sucederle. Pensaba que, si tuviese la posibilidad de cambiar el pasado, lo haría. Gastón interpretaba lo que a ella le ocurría como una obstinada paranoia sin fundamento. Sin lugar a dudas, él estaba muy satisfecho por el resultado de su perverso plan, sin consecuencias. Tania, en cambio, sufría, no solo por un pasado irrevocable, sino por un futuro incierto, al que temía. Esto no lo podía compartir con Gastón, era imposible que él la comprendiera. Entonces, cuando los pensamientos la apesadumbraban, enmudecía y él lo percibía. Muchas veces trataba de sacarla de su cavilación, invitándola a salir, a despejar su mente, a olvidar. Otras veces, intentaba cambiar su ánimo poniendo música o proponiéndole ver alguna película.

Un día, cansado ya de ese estado de ánimo en el que Tania caía por momentos, decidió que repetir aquel viaje a las playas de Tailandia que realizaran hacía dos años, como una forma de escapar a los miedos, sería la solución. Se lo propuso y Tania aceptó con ilusión. Ambos volvieron a soñar con gozar plenamente de esas vacaciones. Tania pareció superar sus preocupaciones y se propuso dejar atrás sus temores e intentar ser nuevamente feliz. Gastón había logrado su cometido: todo quedaba sepultado en el pasado, ahora sólo les quedaba gozar de la aventura emprendida dos años atrás.

Esa mañana, listos para iniciar el viaje, con el entusiasmo que se tiene a las puertas de concretar un proyecto de tal envergadura, mientras esperaban al remisero que los llevaría al aeropuerto, se detuvo un auto frente a su casa y un hombre, vestido formalmente, bajó de él y se acercó a ellos preguntándoles: "¿Son ustedes Tania y Gastón Espinosa?".

Creyendo que era el remisero solicitado, le respondieron sonrientes con un gesto afirmativo.

Desde lo alto de un árbol, y ajeno al conflicto que se estaba vislumbrando, un pájaro presenció cómo el hombre, mostrando una credencial de la Policía Federal, les extendía una foto al mismo tiempo que les preguntaba: "¿Conocen ustedes a esta mujer?". Y, al notar sus desconciertos y consternación, agregaba: "Me temo que tendrán que acompañarme".

Mientras los dos eran introducidos a una patrullero, el ave voló, presurosa, a recorrer otras calles y a presenciar, tal vez, alguna otra escena de la nimiedad humana.

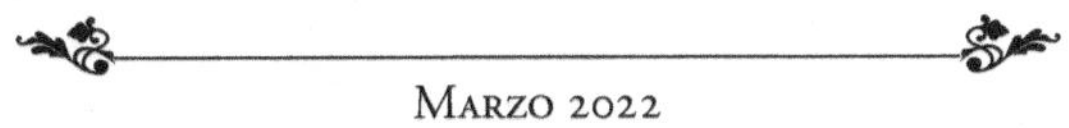

Marzo 2022

[7]

El altillo

Tres generaciones por línea paterna ya han heredado esta casa, y cada una, en su momento, le ha realizado los cambios que impuso su época. Se han derrumbado muros, se han ampliado ventanales, se han policromado paredes, se han erradicado pesados mobiliarios y se han instalado estanterías multiuso para dar espacio a pantallas led y dispositivos de audio. Aun conservando su estructura básica, casi no se reconoce a esta antigua casona, *petit hotel*, que fuera orgullo del tranquilo barrio de Villa del Parque en otros tiempos.

Lo curioso es que el modernismo llegó, de acuerdo a cada época, cambiando todos los rincones de la casa, menos el altillo. Este, con acceso desde la planta superior, permanece incólume, sin haber sido nunca objeto de reformas. Todo lo que podía llegar a ser útil en algún momento ha quedado allí depositado "in æternum". Cajas, baúles, rollos, paquetes y también piezas sueltas, esas que no encajan en ningún rubro, se han ido apilando allí, encontrando siempre un lugar. El inmutable altillo brinda espacio para todo. Aun para los recuerdos...

Hoy ha tenido que ir en busca de un ovillo de hilo sisal, con el convencimiento de que lo encontraría. Allí se encuentra, en este momento, revolviendo cajas, cuando el recuerdo de su lejana infancia lo golpea. Quizás es la lluvia en el techo, tan bajito y tangible, lo que le está haciendo volver a aquel desdichado día, en que también llovía.

"¡Que se quite ese traje de mujer!", oye vociferar a su padre, furioso.

¿Por qué tanta ira? No era más que el juego de un niño al encontrar en el altillo disfraces tan ingeniosos como una capa, un antifaz, un bigote postizo, una espada, una peluca y… al fin… ese maravilloso vestido de princesa con tules, con lazos, y hasta con una tiara. Demasiado tentador como para no probárselo. El error fue bajar del altillo, y, con porte de princesa, presentarse en el salón delante de todos. Sí… el gran error fue mostrarse, que lo vieran todos, hasta las visitas que frecuentaban siempre la casona.

Ahora le tiemblan también las piernas porque el recuerdo ha sido muy vívido. Le parece estar oyendo la ira de su padre. Se ve saliendo hacia el jardín bajo la lluvia, quitándose de a partes el vestido de princesa, arrancándose la tiara, ocultando los lazos y los tules bajo sus frágiles brazos, mientras sus piernas corren entre las plantas del jardín hasta llegar al garaje, donde se esconde, no de vergüenza sino de miedo.

Hoy, que ha subido al altillo en busca de un hilo sisal, llueve igual que aquel día, y lo recuerda con tanta nitidez como si hubiera sido ayer. Ve a ese niño correr en calzoncillos, mojándose, sus delgadas piernitas deslizarse entre los arbustos, junto a las hortensias, detrás del ligustro y, por fin, refugiarse dentro del garaje.

Desde la ventanuca del altillo está viendo la escena una vez más.

"¿Por qué tanto enfado si no era más que el juego de un niño?", se pregunta. Y se cuestiona también por qué hoy, pasado ya tanto tiempo, vuelve a experimentar la misma sensación de miedo. Sus manos siguen revolviendo cajas, abriendo latas, hurgando cajones en busca de un ovillo de hilo sisal, pero su mirada y su mente están ahora muy lejos de este presente. Ahora, siempre bajo la misma emoción del miedo, revive otra escena de su primera infancia.

Su madre está peinando con dulzura sus cabellos enrulados, tersos, suaves... Lo está haciendo con la fruición con que se acaricia a un hijo, cuando, de pronto, irrumpe su padre al decir: "¿Hasta cuándo le dejarás esos rulos? ¡Pronto va a cumplir tres años y parece una niña!"

Escenas que, por lo impactantes, no se olvidan, dejan huellas...

Como lo suponía, por suerte, halla el ovillo que buscaba. "De todo hay en este altillo", piensa mientras la lluvia sigue golpeteando sobre el tejado, muy cerca de su cabeza. Su mirada, humedecida por los recuerdos, se dirige al jardín y se pierde entre las plantas. Piensa en su padre, pero, ahora, no hay odio ni resentimiento en su pecho.

Hoy, a su avanzada edad, comienza a verlo de otro modo. Cree comprender que, en el entorno en que se formó y con las ideas que absorbió, su padre no podía sentir de otra manera. Ahora lo entiende como nunca antes y se pregunta: “Por qué nunca lo vi con estos ojos?”. Ha intentado despegarse de aquel niño temeroso y sensible y, sin darse cuenta, ha llegado a ver el mundo a través de la mirada de su padre. Percibe que esta nueva perspectiva, más amplia y conciliadora, ha restablecido un vínculo desconocido con él, que se asemeja a una caricia y que le brinda paz.

Hoy ha subido al altillo por una necesidad doméstica, logrando resolver un asunto al encontrar lo que buscaba, pero algo en ese lugar avivó un recuerdo inesperado. La magia de ese instante de remembranza lo transformó. Ahora se siente doblemente satisfecho, y una sonrisa asoma a sus labios al bajar. Mientras enrolla con cuidado el ovillo de hilo sisal siente que las voces de su padre, como el sonido de la lluvia, se han suavizado. Siente que, de forma inesperada, se ha reconciliado con él. El miedo que tanto lo marcó a lo largo de su vida ha quedado atrás, para siempre.

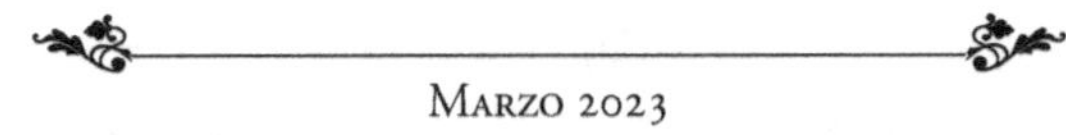

Marzo 2023

[8]

Pensamiento fugaz

La distancia y la muerte se parecen.
Comparten un vacío difícil de llenar.
Un espacio que todo lo disipa,
lo olvida, lo sublima, lo enaltece.
Amalgama virtudes y defectos
haciéndonos reír, llorar y suspirar.

La distancia y la muerte se parecen.
Sutiles pensamientos conforman su oquedad.
Un intervalo imprescindible, un rellano
en el fatigoso camino de la vida
que calma los resuellos
y comparte la misma soledad.

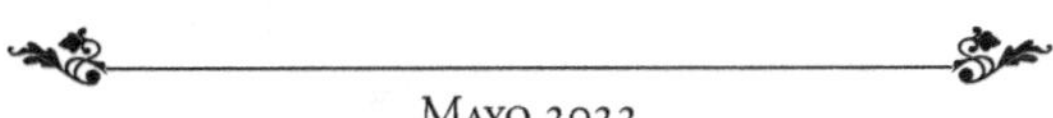

Mayo 2022

[9]

Cae el telón

Paula quedó inmóvil, en posición fetal, junto a la puerta semiabierta que dividía dos áreas del escenario. El telón caía lentamente y las luces se apagaban una a una.

Luego el silencio de unos segundos permitió a la audiencia volver a la realidad, después de haber estado cautiva durante unas dos horas por un drama intenso. Y estalló un aplauso cerrado, unánime y prolongado que resonó en la sala. ¡La obra teatral había sido un éxito!

Por último, desde el escenario, todos los actores saludaron juntos, de a uno, de a dos, tomados de la mano, sueltos, sonriendo, reverenciando y agradeciendo los vítores, celebrando el logro. Desfilaron inclinando sus cabezas a un público que ovacionaba con fervor.

Ya entre bastidores, nadie reparó en la extraña mirada de Paula, intérprete principal, mientras se dirigía hacia su camerino. Era una mirada que recordaba otra época, cuando aún no había pisado los escenarios de un teatro, cuando su mundo era sólo su vacía y solitaria casa, y cuando su mente, sumida en melancolía, la atrapaba sin posibilidad de retorno. Había quedado muy afectada por el recuerdo de ese amor frustrado que se había convertido en una angustia vital.

Pero finalmente encontró escape de la mano de un grupo de amigos que lograron hacerla deponer su resistencia. El teatro abrió las puertas de su encierro, se dejó envolver por su magia y volvió a vivir. Descubrió su cuerpo y su voz como vehículos de expresión y comunicación. Tomó consciencia de que lo que le importaba no era el producto artístico, sino el proceso transformador que se producía en ella. Sin embargo, su arte fue trascendiendo y en cada pieza teatral se notaba su crecimiento en expresividad y confianza.

La performance de la obra que acababan de ofrecer merecía una celebración. Buscaron un lugar íntimo, cálido y privado. Todos los intérpretes, el director de escena, el iluminador, el utilero e incluso el productor estuvieron presentes. Brindaron con champagne, rieron e hicieron planes futuros para llevar esa pieza teatral a distintas salas del interior y a países vecinos. Comentaron actitudes, hechos y efectos ocurridos durante la función, pero de lo que más se habló fue de la brillante actuación de Paula, quien se destacaba entre un grupo de talentosos actores. Todos se maravillaron con el crecimiento de su capacidad para interpretar reacciones humanas complejas y mostrar emociones al desnudo, sin fingir. Paula se mantenía silente y pensativa en medio del festejo, sosteniendo su copa, siempre con esa enigmática sonrisa que había quedado atrás hacía mucho, y que ahora reaparecía.

La escena final de la obra que acababan de realizar era un ejemplo de lo que todos admiraban en Paula, su capacidad para mostrar todo el dolor del personaje al descubrir que su amado le mentía y traicionaba con su propia hermana. Paula, la actriz, llegaba a humillarse ante la audiencia al derrumbarse literalmente, frente a todos, y llorar histéricamente detrás de la puerta desde donde alcanzaba a ver y escuchar el testimonio de la traición.

A esta altura de la celebración, el brillo en los ojos de Paula, era diferente al de los demás. Recordaba la época en que sufría de ese *spleen* que la había dejado presa, sin voluntad, antes de que el teatro le abriera sus puertas. Sus amigos, al notarlo, lo atribuyeron al champagne y no se preocuparon, ya que cada uno sería acompañado a su casa en los autos disponibles. Nadie vio nada extraño en ella, nada que llamara la atención o generara alarma. Nadie se percató de que su mirada volvía a tener una carga de hastío, de tedio… y hasta de odio. Todos compartían una sana alegría llena de proyectos.

El elenco estaba formado por un grupo de amigos que, unidos por la misma pasión, se habían acompañado durante muchos años. Había un gran respeto y mucho afecto y compañerismo entre ellos. Se ayudaban mutuamente sin egoísmos ni celos profesionales. Formaban un gran equipo, siendo todos muy buenos actores. Andrés, Estela, Rocío, Ernesto… en su momento, todos brillaban con su talento. Ernesto, el novio infiel, y Rocío, la hermana traidora, indiferentes al dolor que causaban, compartían la exitosa escena final, del otro lado de la puerta, tendidos en un sillón del salón, a media luz, besándose y prometiéndose una huida juntos; mientras el personaje interpretado por Paula se desmoronaba detrás de la puerta semiabierta deslizando las palmas de sus manos sobre ella, apenas sosteniéndose, hasta caer y quedar acurrucada asemejando una alfombra enrollada en el piso.

Cuando llegó la hora de dar por terminado el encuentro, se fueron acomodando en los autos para regresar a sus casas, según los lugares donde vivían. Se decidió quién llevaría a quién, correspondiendo a Ernesto llevar a Sara, Daniel y Paula, quien sería la última en bajar del auto debido a la distancia hasta su casa. Los demás presentes se ubicaron en los otros autos. Se despidieron todos, aun soñando con los proyectos futuros. Fue un momento de felicidad compartida de los que no abundan.

Daniel se sentó junto a Ernesto, quien conducía el auto, mientras que Sara y Paula ocuparon los asientos traseros, Paula detrás de Ernesto, de manera que, cuando los demás se hubieron bajado del auto, ella quedó sola con Ernesto, viendo solo su nuca. No era una posición adecuada para mantener una conversación, y Ernesto tampoco tenía ganas de dialogar después de un día tan intenso. Solo hizo algún comentario breve sobre dónde sería mejor estacionar su auto y se aseguró de que Paula, que continuaba callada y absorta en sus pensamientos, tuviese las llaves de su casa a mano. Luego, bajó del auto para abrirle la puerta y al hacerlo notó que sus ojos brillaban con lágrimas. Ese llanto silencioso y oculto le hizo comprender que el personaje de la obra y la propia vida de Paula se habían fusionado, que el desgarrador momento de la última escena, con su representación tan vívidamente lograda, había derrumbado su frágil estabilidad emocional y la había transportado de vuelta a su pasado siniestro de enfermedad. Sintió pena como amigo, y a la vez, culpa como novio infiel. Él también estaba fusionando personajes. Le resultaba difícil no entenderla, tratando de distinguir una línea que los separasen del personaje de la obra, a su vez que tenía la rara sensación de culpa de una traición.

Entonces, sólo atinó a tomar sus manos y, dejándose invadir por el personaje del novio infiel, le dijo: "¡Perdón!".

Pero ya era demasiado tarde, Paula no podía perdonar. Esperó a que Ernesto volviera a sentarse al volante para irse, y, llevada por su alucinación, abrió sorpresivamente la puerta del auto y se abalanzó sobre el asiento trasero, como empecinada en no dejarlo ir.

Los primeros transeúntes de la madrugada siguiente vieron con horror la escena. Sobre un auto revoloteaban dos pájaros y en el interior había un hombre al volante ahorcado y una mujer acurrucada en el asiento trasero, aún llorando.

Mayo 2022

[10]

Narcisismo

Harta de sus errores, lo echó de la casa. No soportaba sus imperfecciones siendo que ella poseía una expertícia en tareas financieras y domésticas de excelencia y era amante de la perfección. Su sueldo también era mayor. El de él, un pálido reflejo.

Al tercer día él volvió por sus cosas. Cenaron sin palabras, sólo el televisor hablaba.

Ella comprendió que, sin el parangón de su presencia, su superioridad no lucía... y lo dejó quedarse.

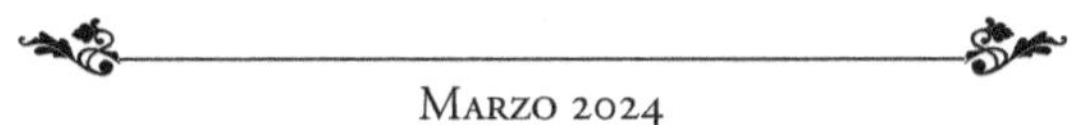

Marzo 2024

[11]

Regalo de aniversario

¡Cuánto tiempo había pasado desde la última vez que se hicieron un regalo! Un auténtico regalo, de esos que se eligen con el corazón, pensando en lo que más felicidad puede traer al otro; de esos que se seleccionan meticulosamente entre mil opciones y que proporcionan una satisfacción inmensa cuando se acierta; de esos que se espera hagan saltar de alegría; de esos que permanecen en la memoria para siempre. Hacía mucho que no se hacían un verdadero regalo… ¡pero se querían tanto!

Esta era la ocasión. El 20 de marzo celebrarían 25 años de matrimonio, un aniversario que, desde afuera, podría parecer solo un número, pero que para ellos significaba mucho más. Juntos habían atravesado innumerables vicisitudes, habían sido inmensamente felices, y habían formado una familia. Siempre luchando por el progreso de sus hijos, superando las dificultades económicas propias de un hogar de clase media.

¡Y tan pocos regalos se habían hecho en estos veinticinco años…! Siempre habían postergado sus anhelos más profundos en favor del alquiler de una casa más cómoda, una educación ligeramente más costosa para su hijo, una celebración más espléndida por una graduación, o unas modestas vacaciones en familia.

Ambos, sumidos ahora en la idea de causar ese impacto tan deseado al dar, en el acto material de entregar un obsequio, la expresión más elocuente de amor, ocupaban su tiempo y meditación en la búsqueda de tal presente.

No cabía la posibilidad de consultar a nadie al respecto de la elección, no tenía sentido pedir el consejo de un hijo, o de un amigo. Ellos sabían mejor que nadie lo que al otro le producía alegría. ¡Se habían llegado a conocer tan bien a lo largo de los años de convivencia! Conocían sus debilidades y fortalezas, lo que les causaba emoción y lo que los aburría, lo que los cansaba y lo que los cargaba de energía. Sabía, cada uno, qué comidas eran las preferidas del otro, y conocían cómo reaccionaba el cuerpo del otro ante los extremos climáticos. Por esa razón nunca se habían animado a vacacionar en una región de clima extremo. Siempre habían acordado conformarse con un término medio para no forzar al otro a enfrentar las inclemencias de un lugar excesivamente tórrido o gélido. Aunque Lucía era consciente de cuánto le hubiera gustado a José conocer, por ejemplo, los hielos del sur argentino, ella no soportaba el frío. Y José imaginaba cuán feliz sería Lucía en gozar de una temporada bajo el sol caribeño, pero él no soportaba el calor intenso. Había sido siempre un acuerdo tácito el no forzar jamás al otro por un placer personal.

Los días iban pasando en ese mes de marzo, y ninguno parecía encontrar el regalo perfecto. Ambos estaban preocupados, aunque sin compartir el sentimiento, por el anhelo de producir la gran sorpresa. Si bien sus ahorros no eran abundantes, tenían reservado, en secreto, un poco de dinero fruto de algunas privaciones, para destinarlo a ese tan deseado regalo. El dilema era entonces, más bien, la elección.

Comenzaron a recorrer negocios, elegantes tiendas de ropa, talleres de artesanías y comercios de diferentes rubros, esperando encontrar el objeto exclusivo. Lucía tuvo que fingir visitas esporádicas a su tía, y José algunos encuentros con antiguos compañeros de trabajo, como excusas para justificar las demoras en volver a casa. Pero nada parecía digno de ser el tributo por tan memorable fecha.

El 20 de marzo se felicitaron, se abrazaron, recibieron con gran alegría los saludos de los más cercanos... y, por último, llegó el momento de intercambiar los regalos. José fue el primero en entregar el suyo. Detrás del sillón del salón, medio oculto y un poco a la vista, había una gran caja redonda. José la sacó con evidente orgullo y se la entregó a Lucía, quien la esperaba ansiosa. Un lazo rosa con un moño cubría la tapa. Lucía lo recibió emocionada, desató el moño con delicadeza y, al destapar la caja, se sorprendió al encontrar en su interior una capelina de rafia de ala ancha, justo lo que siempre había deseado tener. La tomó entre sus manos dispuesta a ponérsela cuando vio un sobre en el interior de la caja. Debido a su impaciencia por entregarle su regalo a José, decidió no abrirlo de inmediato, sino después de darle el obsequio a él. Entonces abrió un cajón del mueble y sacó su regalo: un paquete coquetamente envuelto. José lo recibió encantado, y con sorpresa encontró en su interior un gorro de piel y un par de guantes haciendo juego. También había un sobre entre ellos.

La primera reacción de José, tal vez influida por la emoción del momento, fue echarse a reír. La coincidencia de encontrarse con una capelina y un gorro le pareció muy divertida. "Los dos pensamos en cubrirnos la cabeza", exclamó entre risas. Lucía también sonreía, pero ya sentía cierta impaciencia por abrir esos sobres que, curiosamente, eran del mismo tamaño y color. José recogió el suyo, que había quedado entre los papeles del envoltorio de la gorra y los guantes, y Lucía el que todavía estaba en la caja de la capelina.

Los sobres tenían un discreto membrete con el mismo nombre. Eso hizo que ambos presintieran algo extraño. La intuición de ambos se hizo realidad y luego quedaron atónitos cuando descubrieron que los sobres contenían dos boletos aéreos cada uno, de una agencia de turismo a pocas cuadras de su casa, todos para la misma fecha, el 27 de marzo, exactamente una semana después de ese día.

El sobre para José contenía dos pasajes para viajar a El Calafate, con una excursión incluida al Glaciar Perito Moreno, un lugar soñado por él, donde, sin duda alguna, un gorro de piel y guantes le serían muy útiles. El sobre para Lucía también contenía dos pasajes para la Península de

Yucatán, con estadía en la Isla de Cancún, un lugar al que nunca imaginó poder viajar y lucir una capelina de rafia.

Ambos habían pensado en una semana como tiempo necesario para los preparativos del viaje. Hasta en eso coincidieron...

A pesar de lo íntimo del momento, aún con los boletos en sus manos y sin saber todavía cómo resolverían el dilema de los dos viajes, hubo un testigo de esta escena: un ave solitaria e indiferente a la emoción que les causó tan preciado regalo. El ave los observó mientras se abrazaban y rompían a llorar de risa por lo emotivo y gracioso de la situación.

Junio 2022

[12]

Plenilunio de otoño

El otoño siempre la entristeció. Hoy más que nunca, el ruido del viento sacudiendo los árboles en este atardecer sombrío la llena de melancolía y siente la llamada de adentrarse en el bosque y aproximarse al río. Los recuerdos han hecho nido en su corazón y el otoño agrava su pesadumbre.

Viste rústicamente, como adecuada al lugar, pero no ha reparado en sus pies que todavía calzan esas pantuflas livianitas con que siempre se desliza por el interior de su vida. ¡Qué impensada forma de salir! Detalles que pasan inadvertidos por su mente, ávida de oscuridad y de bosque; y por su corazón, sediento de luz y plenitud. Lleva también una mochila algo pesada a su espalda, se ha preparado para una noche especial.

Y por ahí avanza, abrumada, sintiendo las fuertes ráfagas en los tallos crujientes, como siempre pasa en otoño. Al rato de andar las ráfagas se calman y un manto de tranquilidad cobija los árboles, aquietando sus follajes, sofocando ruidos. Ahora es solo el susurro de las hojas movidas por la brisa lo que escucha. Son los cambios de humor repentinos que tiene el otoño. Ella lo sabe, lo intuye, porque siempre le ha sorprendido esta estación. Sabe que, en corto tiempo, pasa de la furia a la paz, del viento a la caricia del céfiro.

Y sigue avanzando, en dirección al río. Percibe el aroma a tierra húmeda que impregna el aire y sus pantuflas se hunden en el mullido musgo que alfombra el suelo. Su alma también se abre paso en este santuario de vida y de muerte.

Ahora se detiene para contemplar el río que ya se avista entre el follaje de los sauces. Unos niños jugando en la orilla se reflejan en sus espejeantes aguas. Son figuras fantasmales, sin consistencia. A pesar de que la tarde está cayendo aceleradamente, como pasa siempre en este equinoccio, los pequeños todavía merodean por allí. Sus voces se confunden con el piar de los pájaros, el croar de los sapos y el canto de los grillos; y sus siluetas, desdibujadas por la luz que decae y por las lágrimas que nublan su mirada, también se confunden con las rocas que bordean el río. Sabe que hoy habrá luna llena y pronto su luz se derramará sobre todo lo visible y lo invisible, y todo brillará en armonía, y todo se verá perfecto. Tan sutilmente como llegaron, los niños se habrán ido dejando sus sombras en el atardecer, que ya se está tornando noche.

Este es el lugar que buscaba su alma, el lugar donde respira el aliento del otoño y percibe la cercanía de Dios. La luna adornará el horizonte del éter, y el dolor que la guió hasta allí se desvanecerá. Levanta su mirada al pedacito de cielo que se deja ver entre los sauces. Se siente plebeya en un imperio dominado por la luna. Recuerda que deseaba morir ese día y toma coraje. Sus delicados pies se posan, deliberadamente, sobre una roca. Se siente elevada, recorre con su mirada el lugar elegido, como si lo viera desde las alturas. Ya comienza a sentir la caricia del aura.

Evoca momentos felices, pero se siente triste, desolada. Abre su mochila y extrae lo que también percibe como una caricia en su cara y en su cuello, a pesar de su aspereza. Ha preparado todo como un regalo a sí misma, hasta con un moño con el lazo.

Eleva su mirada, inhala una vez más, encierra la perlada luz de la luna en sus pupilas, luego cierra los ojos y, con un suspiro, da un decidido empellón a la piedra que la sostenía.

Dos pantuflas comienzan a balancearse entre brotes de sauces, mientras una extraña paz envuelve la atmósfera en un silencio denso, profundo, prolongado. Salvo por ese ondular, todo es ahora quietud.

De repente, el otoño vuelve a cambiar de humor. Ahora la brisa deja lugar a fuertes ráfagas. El fragor del viento otoñal reaparece y, en una noche de plenilunio, el aire golpea y sacude los árboles furiosamente. Las hojas vuelven a desprenderse de las ramas, vuelan, planean y forman círculos como bailando un vals, sobre un cuerpito que se mece.

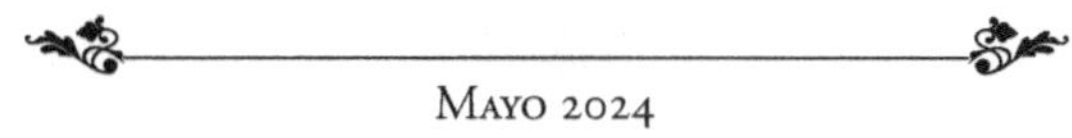

Mayo 2024

[13]

Jueves de amigas

Episodio 1: *Carmen*

Siempre les parecían cortas las horas en que, semana tras semana, todos los días jueves a las 16 se reunían en la confitería Imperial a tomar un té con tostado o alguna masita, en días fríos, o un batido de frutas, en verano. Las cuatro amigas mantenían esa tradición más que como un hábito, como una necesidad. Era el momento de la catarsis, de sacar a la luz todo lo que había acontecido en el devenir de siete días, de exteriorizar, en la confianza de años de amistad, hasta los más triviales sucesos.

Se sentaban siempre en el mismo lugar y eran atendidas, por lo general, por el mismo camarero. Un televisor cerca de ellas permanecía encendido todo el tiempo, en un canal de noticias, con un volumen bajo pero audible que no molestaba la conversación. Hubo ocasiones en que la actualidad mostrada en las imágenes de la pantalla daba lugar al inicio de un tema. La charla, entonces, se centraba en hechos acaecidos recientemente; otras, sobre ellas mismas o sobre personas entrelazadas con sus vidas.

Carmen solía tomar a Tony, su esposo, como centro de su tema. No lo denostaba, ni lo ensalzaba. Hablaba sobre él. Lo tomaba como vara para señalar las diferencias entre los dos, para mostrarse a sí misma por contraste con él. Alcira, Nélida y Margarita creían conocer a Tony a través de sus comentarios. Nada más ajeno a la realidad. Ellas iban conociendo cada vez más a la propia Carmen.

Ese jueves surgió el tema del acatamiento y de la sumisión a la voluntad del otro. Fue a raíz de una pequeña confusión que cometió el camarero al servirles, que Carmen reaccionó destacando cómo hubiese actuado Tony en igual situación. Según ella, Tony hubiese aceptado el plato equivocado, sin reclamar lo que había ordenado. Carmen destacó su postura tan distinta que consistía en hacer valer sus derechos, le pese a quien le pesare. La conversación le dio pie para narrar un episodio que le había ocurrido justamente esa semana. Tal vez hasta hizo hincapié en el tema para dar lugar al relato que quería hacer del cual se sentía orgullosa.

Las tres amigas se acomodaron en sus sillas, bebieron un poco de té, y se aprontaron a escuchar la anécdota que Carmen iba a narrarles, con sus habituales detalles, gestos y pausas. Carmen tenía una forma teatral de expresarse. Dramatizaba las escenas que describía. Para sus amigas era un placer escucharla narrar, y para ella el sentirse escuchada con tanta atención.

Las cuatro gozaban de una situación económica holgada. Podían permitirse gustos parecidos en cuanto a viajes, compras y diversiones. Solían tener compromisos sociales similares: reuniones, tours, exposiciones. Daban relevancia a la forma de vestir, de lucir accesorios y a la imagen en general como forma de mostrar su identidad. Sin embargo, Carmen no estaba conforme con los cambios que su silueta estaba experimentando en los últimos tiempos, y se notaba que su complejo iba creciendo a la par que sus rollitos. Últimamente había centralizado la compra de sus ropas en las Galerías Glamour, donde siempre encontraba la prenda apropiada para su cuerpo y su gusto. Las amigas coincidieron con el criterio de Carmen convencidas de que esa tienda era el lugar ideal para realizar sus compras. Carmen comenzó entonces diciendo que el lunes pasado se había encaminado a las Galerías Glamour en busca de un vestido que había visto en la revista que recibía regularmente, con los diseños de las ropas en venta. Se trataba de un vestido para cocktail, sencillo y adecuado para el evento que lo requería. Se dirigió a la planta correspondiente a ropa de vestir de dama y pidió a una vendedora el vestido que quería probarse. Observó que la vendedora dudó un poco acerca de cuál era el modelo que ella buscaba. Se lo mostró directamente de la revista que sostenía en sus manos, no sin fastidio, indicándole que se lo llevara directamente al probador mientras ella se encaminaba hacia allí. Al volver con el vestido en sus manos la vendedora volvió a preguntarle, manifestando su duda, si ése era de verdad el modelo que quería. "Por supuesto", respondió Carmen doblemente fastidiada, desafiándose a sí misma, porque ella sabía bien que ese modelo de ninguna manera era para su contextura física. Se trataba de un vestido entallado en la cintura, algo escotado y de muy buen diseño. Narró Carmen que la vendedora quedó callada y, obedientemente, se ofreció a esperar nuevas órdenes detrás de la cortina del probador. Fueron muchos los intentos que Carmen reconoció haber hecho por calzarse la prenda, pero todos en vano. Ni siquiera alcanzaba a abrocharse el cierre. Cuando, después de una lucha de unos cuantos minutos, corrió la cortina para devolverle el vestido a la asistente, notó que ésta sonreía quedamente, y que detrás de esa sonrisa parecía decirle: "¡Ya lo sabía!" Carmen observó la delgada figura de la empleada. No le cupo duda alguna de que ella lo calzaría espléndidamente. Hasta la imaginó envuelta en esa seda azulina, bellísima, y un toque de envidia la rozó, para luego convertirse en indignación cuando la chica le sugirió que fuese a otro sector de la planta donde encontraría "talles especiales".

A esta altura de la narración sus amigas decidieron calmar a Carmen cuyo enfado era tan teatral como sus gestos, diciéndole, de distintas maneras, que la chica se había extralimitado, que no la tomara en cuenta, que no sabía lo que decía, que ella de ninguna manera estaba para "talles especiales", ni mucho menos…

Carmen necesitó, como toda actriz, hacer una pausa en su relato para poder continuar. Sorbió un poco de té, echó una mirada al televisor que continuaba encendido, y concluyó el tema de la compra diciendo que ese día quedó reducida a una falda y una blusa al juego. Luego contó que, cuando se retiraba, la persona a cargo de la planta se le acercó saludándola con simpatía. Aprovechó la ocasión para dejar bien claro que ella sabía muy bien cuándo se saluda con simpatía, y cuándo por conservar a una muy buena clienta. La encargada atinó a preguntarle, muy sonrientemente y a modo de saludo: "¿Conforme?" Seguramente le hubiera dado lo mismo decirle: "Gracias por su compra...", o "La esperamos nuevamente...", o algo parecido... Pero no... Se le ocurrió decirle, justamente: "¿Conforme?", y esa inocente palabra bastó para que Carmen exteriorizara su enojo. Le respondió con un "No" tajante que hizo abrir bien grandes los ojos de la encargada de planta, quien, desconcertada, preguntó por qué. Carmen entonces explicó que estaba desconforme por el trato que había recibido de parte de la vendedora. La encargada la condujo a un lugar un poco más privado y le pidió especificaciones. Luego de dárselas, Carmen se retiró mucho más aliviada.

"¡Ah... menos mal!", alcanzó a decir Alcira. Y... "¡Qué bien que hiciste!", murmuró Margarita. Todas la felicitaron creyendo que ahí terminaba la anécdota. Nélida ya estaba mirando su reloj, preparándose un poco para despedirse, siendo siempre ella la primera en disponer el fin de la reunión, cuando Carmen retomó la palabra para decirles que lo que había pasado, justamente ese mismo día jueves, por la mañana, era la confirmación de que había actuado bien.

"¿Qué pasó?", preguntaron casi a coro las tres. Carmen agregó entonces que esa precisa mañana había recibido un mail de las Galerías Glamour, notificándole sobre la medida que la institución había tomado con la vendedora que había osado insolentarse con ella: había sido separada definitivamente de la planta. "¿De veras?", "No lo puedo creer...", "¡Qué buen fin tuvo todo!", "Ocurrió lo que debía ser"... fueron algunos de los comentarios que recibió Carmen.

Alcira, entonces, las sorprendió diciendo: "Qué casualidad! Hoy debe ser un día muy especial, porque yo también, por la mañana, recibí un mail con una novedad inesperada... pero se los cuento el jueves... no falten... les va a interesar... Además, Nélida nos debe el comentario sobre cómo va el tema de su hijo. Hoy no hubo tiempo para eso. El jueves, entonces, nos ponemos al día.

Episodio 2: *Alcira*

El jueves siguiente, y siempre con el mismo entusiasmo, fueron llegando a la confitería Imperial, de a una, las cuatro amigas. Nélida, la más pendiente de su reloj, era siempre la primera. Esta vez no tenía mucho para comentar sobre su hijo Rodolfo. No se habían producido más novedades que las que ya les había comentado a sus amigas. Rodolfo seguía pusilánime, sin tomar determinación alguna. Todos los consejos que recibía, especialmente de sus padres, caían en una nube de incertidumbres. Hubiera querido contarles avances en el desarrollo de los hechos, pero nada había ocurrido. Su hijo seguía sin decidirse a aceptar esa beca en el exterior, por un año, y continuaba su vida, aparentemente sin apreciar el futuro que se abría en su camino. ¡Cuánto le hubiera gustado a Nélida tener que contarles que, al fin, Rodolfo había tomado la decisión! La decisión, para Nélida significaba que Rodolfo hiciera lo que ella consideraba lo mejor.

A poco de llegar, una de ellas hizo la esperada pregunta: "Y… ¿pasó algo más, Nélida? ¿Rodolfo aceptó la beca?" A lo que Nélida respondió con cierto desgano… "No, nada. De momento dice que lo sigue pensando…".

El televisor prendido cerca de ellas estaba en esos momentos dando el servicio meteorológico, anunciando frío para las próximas horas. El cambio climático las había sorprendido. Alcira exclamó con júbilo: "Menos mal que hoy pude venir con el auto". Sonriendo Margarita le respondió: "Si siempre lo hacés… ¿por qué decís menos mal?"

"Justamente por lo que les adelanté el jueves pasado", respondió Alcira. "¿Se acuerdan cuando les dije que fue un día muy especial?"

"Sí, sí… nos dijiste que hoy nos contarías lo que te pasó… Bueno, contános ¿qué tiene que ver eso con el auto?", dijo Carmen con intriga.

Entonces las miradas se dirigieron a Alcira. Todas tenían ansias por saber a qué se había referido cuando, el jueves anterior, había dicho que aquella mañana había recibido una inesperada noticia.

Aunque Alcira no tenía el dramatismo de Carmen para narrar, era contundente en sus afirmaciones. Luego de sorber un poco de té, comenzó por recordarles la ubicación de su casa, en el barrio de San Telmo, para que comprendieran lo difícil que era encontrar un lugar libre en su cuadra para estacionar un auto. Sobre todo habiendo una dependencia municipal en la esquina misma que ocasionaba mucho movimiento vehicular. Por suerte, ellos contaban con un garaje debidamente señalizado, hasta con cordón pintado de amarillo, para espantar a cualquier distraído y poder hacer uso del espacio en cualquier momento. Sin embargo, una tarde de la semana anterior, debiendo utilizar su auto para concurrir a una consulta médica, y posteriormente para encontrarse con su esposo en casa de su hija, todos los horarios articulados con precisión para evitar demoras, se encontró ante la imposibilidad de sacar su auto del garaje porque un automóvil, de alta gama, obstruía su entrada al estar estacionado justo frente a su garaje y al cordón amarillo.

Alcira enfureció. Estaba casi decidida a llamar a la policía para que resolviesen su problema, cuando observó que el auto tenía chapa oficial, y que en la luneta del frente había pegado un *sticker* con el nombre del funcionario a quien correspondía. Teniendo el tiempo justo para realizar todo lo planeado, este inconveniente la estaba demorando. Se puso nerviosa. El hecho de ver que se trataba de un funcionario la irritó aun más y, con perspicacia, tomó nota de la chapa y del nombre del funcionario. Urgida por el tiempo, decidió posponer su sed de venganza para otro momento. Llamó un taxi y se resignó a no poder usar su automóvil ese día.

A la mañana siguiente, más calmada, pero con igual indignación, redactó una nota a la dependencia municipal que correspondía. Pasaron unos días y, el jueves pasado, día que todas recordaban en el que Carmen había recibido el mail de las Galerías Glamour, ella recibió por correo un mail del municipio en la que se le pedía disculpas por las molestias que, quien había estacionado el automóvil incorrectamente, le había ocasionado. Continuaba la nota explicando que, después de una investigación pertinente, se había comprobado que la persona que conducía ese automóvil, recientemente contratada como chofer por la institución, había cometido el error de abandonar el automóvil frente a su garaje y sin balizas encendidas, mientras esperaba al funcionario municipal al cual debía trasladar a otro sitio, y se había encaminado a un kiosco próximo, dejando, de esta manera, el automóvil sin nadie al volante por un rato. Se agregaba en la nota, que esa persona había sido recientemente despedida de la institución por su falta de responsabilidad.

"No me digas... –exclamó Carmen–. Las dos terminamos recibiendo las disculpas y el aviso del despido...!"

"¡Qué casualidad!"; "Claro... ahora veo por qué dijiste menos mal que habías podido traer el auto!", fueron algunas de las exclamaciones de sus amigas.

Terminaron su té, comieron algunas masitas más, y siguieron por unos minutos con los comentarios sobre los inconvenientes que le había causado a Alcira el imprudente comportamiento de esa persona, conviniendo todas, en que, por tantos perjuicios ocasionados, se merecía el despido.

Ya Nélida comenzaba a consultar su reloj. Siempre les parecía que quedaban muchos asuntos pendientes por conversar. A una de ellas, por ejemplo, se le ocurrió preguntarle a Margarita cómo le estaba yendo con el alquiler temporario que había implementado en su departamento de Recoleta, y Margarita respondió que, justamente, tenía grandes novedades al respecto.

Quedaron pendientes, entonces, dos temas que las intrigaban: cuál sería la decisión de Rodolfo en cuanto a su beca, y la novedad que Margarita acababa de anunciarles sobre el alquiler de su departamento. Se despidieron con la expectativa de continuar la charla el jueves siguiente.

Episodio 3: *Margarita*

Con su habitual premura, y la latente necesidad de compartir la novedad que tenía para contarles a sus amigas, Nélida fue nuevamente la primera en llegar. Se sentó, acomodó sus cosas en una silla vacía y se quedó mirando el televisor que, como siempre, estaba encendido en un canal de noticias. Estaban transmitiendo pasajes de un reciente partido de futbol. No le interesó el tema. Extrajo entonces su celular de la cartera. Revisó sus mensajes: ninguno nuevo. Un poco para ocupar su tiempo a la espera de sus amigas y otro poco por una perversa curiosidad, amplió una foto que tenía en su galería de imágenes, donde

Rodolfo abrazaba a una jovencita muy linda que sonreía muy felizmente. Se quedó breves segundos observando la foto, pensativa, cuando vio entrar a sus amigas.

Todas llegaban ávidas por enterarse de las novedades de los últimos siete días. Seguían cada hilo de noticias como si fuese una telenovela en vivo, impulsadas por una necesidad insaciable de contar, escuchar, comentar y hacerse eco de los hechos recientes. Si no encontraban historias en sus propias vidas, buscaban traer a la conversación sucesos de familiares, conocidos o vecinos. Siempre había un acontecimiento del cual hablar, y cuando el motivo surgía de sus propias experiencias, la emoción era aun más intensa.

El jueves anterior había quedado pendiente el tema de la dudosa decisión del hijo de Nélida, y la promesa de Margarita de contar las novedades sobre su departamento de Recoleta. Estaban ansiosas por saber.

Nélida dio a conocer de inmediato la resolución de Rodolfo, su hijo. Aceptaría la beca. Todas festejaron con efusividad la novedad, pero notaron que no causaba la esperada demostración de alegría por parte de Nélida. Algo la perturbaba, algo impedía que festejara, como ellas habían imaginado, el hecho de que Rodolfo hubiese tomado, al fin, una iniciativa. Como la notaron renuente a seguir con el tema, se dirigieron a Margarita que esperaba su turno para contar la novedad sobre su departamento.

Margarita, siendo hija única, había heredado varias propiedades de su ascendencia paterna. Era extremadamente meticulosa con sus finanzas, defendiendo sus intereses con la convicción de que su felicidad dependía de ellos. Más que por un deseo de prosperidad personal, lo hacía por un profundo sentido de obediencia al legado paterno. Imaginaba que el orgullo de su padre por ella se basaba exclusivamente en la buena administración de sus bienes. Sus amigas lo sabían y lo consideraban una sumisión exagerada, llegando incluso a atribuir su soltería a ese esfuerzo. No compartían la obsesión de Margarita por cuidar e incrementar su patrimonio de manera tan desmesurada. En privado, incluso les causaba gracia el empeño que ponía en ser tan diligente custodia de los bienes heredados.

Hacía ya bastante que, previas consultas con personas relacionadas con inmobiliarias, había decidido poner ese departamento en la categoría de alquiler temporario. Desde hacía un poco más de un año, tres jóvenes peruanas que cursaban en una universidad de Buenos Aires, habían firmado el contrato, cuyas cláusulas eran muy rígidas. El departamento se entregó con total cumplimiento de las reglas pautadas. Estaba equipado con todo lo necesario, y un poco más. Tenía tres dormitorios, un gran salón con televisor, internet en todas las habitaciones. Poseía una vajilla de calidad, cubiertos y blanquería como en un buen hotel. También se establecían condiciones para su uso, no debiendo exceder el número de tres, las personas que lo habitaran. Tampoco estaban permitidas mascotas. Margarita se preocupaba mucho en asegurarse el cumplimiento de todas las condiciones. Concurría con asiduidad al edificio y tenía un entendimiento especial con la encargada para que la tuviera al tanto de cualquier novedad. En el período que llevaban estas tres inquilinas, todo había marchado a la perfección, nunca había habido ninguna clase de inconveniente.

Hasta aquí, todo era sabido y conocido por sus tres amigas, quienes pensaban exagerado el control que Margarita ejercía sobre esas tres joyitas de inquilinas. Pero en este encuentro de jueves, Margarita se presentó con una novedad. La encargada le había alertado sobre una cuarta joven que, a su entender, y por los horarios en que se la veía entrar y salir del departamento, estaba viviendo allí.

Narró entonces que su reacción fue rápida. Con total perspicacia y premura, reunió a las tres inquilinas, y logró lo que buscaba, que confesaran la verdad: esa joven argentina, venida de una provincia del norte, era una gran amiga de ellas que estaba pasando por un mal momento. Al verla tan desesperada y con el convencimiento de que sólo sería por unos días, le ofrecieron quedarse con ellas hasta que se resolviera una situación que la tenía momentáneamente obnubilada.

Pese a todo lo explicado y pese a un pedido especial de paciencia y tolerancia, diciendo que ellas se hacían responsables por cualquier inconveniente que causara la permanencia de esa chica en el departamento, y siendo sólo por unos días, Margarita no escuchó razones, haciendo cumplir el contrato inflexiblemente. La situación quedó bien clara: o se marchaba la muchacha ese mismo día o se rescindía el contrato por incumplimiento de una de las partes.

"¡Qué momento tan duro...!", comentó Nélida. "Yo hubiera tenido un poco de paciencia, creo", argumentó Alcira. "Yo creo, en cambio, que actuaste bien", fue la opinión de Carmen.

Margarita escuchaba cada una de las opiniones con cautela. Sabía que no todas estarían de acuerdo con su actuar, pero les hizo comprender su postura explicándoles que, o tomaba la determinación *ipso facto*, o vaya uno a saber hasta cuándo se extendería la situación. Agregó que conocía muy bien la problemática de esas chicas del interior, que se aventuran a venir a Buenos Aires sin saber cómo se las van a arreglar, generalmente sin trabajo y sin vivienda.

Dio una o dos razones más para justificar su actuar, las que parecieron convencer a sus amigas, cerrando el tema de ese modo, ya que Nélida comenzaba a mirar el reloj.

Zanjado el asunto del desalojo de la joven del departamento de Recoleta, y no habiendo, aparentemente, otro tema pendiente, se despidieron.

Episodio 4: *Nélida*

El jueves siguiente las cuatro amigas se reunieron una vez más en la confitería Imperial. Como de costumbre, fueron atendidas por su camarero habitual, quien siempre las recibía con una sonrisa sincera. Él también apreciaba el contacto con personas amistosas, casi familiares. A veces, las noticias en el televisor provocaban pequeños comentarios sobre la actualidad. Manteniendo siempre el respeto y la distancia adecuados con los clientes, este hombre lograba equilibrar un diálogo breve con la profesionalidad de su oficio. Ese día, comentaron sobre las dificultades para llegar, ya que varias cuadras estaban cortadas debido a un incidente. El televisor encendido confirmaba la situación.

Cuando le preguntaron sobre Rodolfo, Nélida explicó por qué no estaba del todo feliz con la decisión de su hijo de aceptar la tan cotizada beca. Todas habían notado, con sorpresa, la falta de efusividad y entusiasmo en Nélida, el jueves pasado. Ella aclaró que, aunque todos valoraban lo que esa beca significaba para el futuro de Rodolfo, él le había confesado que estaba muy enamorado de su novia y que sentía que no podía abandonarla en esos momentos cruciales de su vida. Nélida solía referirse a esa chica como la "noviecita" de Rodolfo, usando el diminutivo para restarle importancia, como si fuera un capricho pasajero, un simple pasatiempo sin valor afectivo. Sin embargo, acababa de darse cuenta de que, para Rodolfo, esa "noviecita" significaba mucho más de lo que ella había creído. No sabía exactamente a qué se refería Rodolfo con "esos momentos cruciales" y tampoco se lo había preguntado. Había percibido su dolor especialmente cuando vio que él había guardado en su maleta el cuadro que siempre tenía en su mesa de luz, con esa misma foto que Nélida conservaba en su celular, donde la joven aparecía tan feliz abrazada a Rodolfo.

La pantalla del televisor se había enrojecido y unas grandes letras catástrofe se destacaban sobre un fondo centelleante. Sus miradas se volvieron hacia allí, en respuesta a una llamada de atención tan invasora.

"Parece que el incidente fue algo más que un incidente", comentó el camarero mientras depositaba un plato con tostados calientes en la mesa.

"Eso parece…", dijo alguien. "¿Se sabe qué pasó?"

"Fue a pocas cuadras de aquí… por eso el tránsito está cortado", fue la respuesta.

Siguieron conversando sobre el tema de preocupación de Nélida, sobre los sentimientos de Rodolfo, sobre la joven que quedaría abandonada por un año. Como suele ocurrir, todas, de alguna manera, empatizaron con la joven. El tono general de la reunión se había tornado un tanto triste. Tomaban el té más calladas que de costumbre no habiendo ningún tema pendiente de continuidad.

Volvió a llamar la atención las letras grandes del televisor, y la música que acompaña las noticias fuertes se hacía sentir más que nunca sobre el silencio de las amigas. Entonces pusieron atención para escuchar; la curiosidad las había ganado. Los camarógrafos y movileros ya se habían desplazado al lugar de los hechos. Ahora se podía apreciar el frente de un edificio sobre una calle convulsionada por tanta gente.

"¿Ese no es el edificio de tu departamento, Margarita?", preguntó Alcira, segura de que lo era.

No hubo respuesta a esta pregunta. Margarita ya se estaba llevando las manos a sus ojos, como queriendo no ver lo que veía, horrorizada, cuando las letras comenzaban a desplazarse por el zócalo del televisor, con este mensaje: "Suicidio en departamento de Recoleta. Joven mujer se arrojó del octavo piso".

Se oían las ambulancias. Las cuatro amigas habían enmudecido. Ahora las imágenes en vivo mostraban el frente del edificio del departamento y la calle, con un biombo formando un corralito para ocultar un cuerpo.

El camarero se acercó a ellas con necesidad de compartir comentarios. La noticia era muy fuerte. Él también estaba conmovido por la cercanía a una escena tan impactante.

"Parece que se trata de una joven de 22 años", dijo intentando dar a conocer más detalles. Al notar la atención que le ponían sus clientas amigas, se animó a agregar: "Dicen que trabajó un tiempo en las Galerías Glamour y que la habían despedido hace poco. Muy bonita, por cierto". Al oír esto, Carmen se tapó los oídos, no queriendo escuchar lo que presentía. Recordó inmediatamente a la vendedora a quien había imaginado con aquel vestido azulino que no había podido calzar, y recordó también el gozo que había sentido al saber que la habían despedido por su causa.

La pantalla ahora mostraba una escena dramática: el frente del edificio, el balcón desde donde se había arrojado la joven, una ambulancia, personas vistiendo ambos verdes moviéndose cerca de un biombo, y en un ángulo superior, la foto de una joven abrazada a un hombre cuya cara se mostraba pixelada.

Nélida reconoció la foto de inmediato, era la que ella había estado observando desde su celular, la misma que Rodolfo había guardado en su maleta. Se llevó la mano a la cara entrecubriéndose los ojos, con un gesto que la caracterizaba en sus momentos de más tensión. Quedó petrificada.

Los periodistas ya comenzaban a reseñar la triste trayectoria de la mujer que, habiendo venido de una provincia del norte en busca de un futuro, había sufrido los avatares de una vida complicada en la gran ciudad. Entre muchas otras frustraciones se mencionaba que había perdido recientemente un empleo como chofer de un organismo nacional, por haber obstruido la entrada a un garaje particular al dejar su automóvil solo, para dirigirse a un quiosco. Ahora era Alcira la que se cubría la boca y acallaba un grito.

Ya no quisieron saber más. El hilo conductor que unía las historias terminaba narrando cómo fue despedida del refugio que había encontrado con unas amigas, en un departamento de Recoleta, y cómo su último soporte, su novio, la había abandonado.

El camarero, aún impresionado por las noticias, pudo percibir una extraña emoción que envolvió a las cuatro amigas de forma extraordinaria, y atinó a apagar el televisor.

Ya no tenían palabras que decirse. Se produjo, entonces, un largo silencio, solo interrumpido por el aleteo de un pájaro desde un árbol cercano a la ventana de la confitería. Las cuatro habían unido sus manos sobre el mantel que reflejaba su palidez. El ave divisó ese simbólico abrazo de manos que buscaba refugio para sus conciencias, aleteó una vez más y alzó vuelo llevándose consigo ese mudo testimonio.

Noviembre 2022

[14]

Delirio

"Hoy la tierra y los cielos me sonríen,
Hoy llega al fondo de mi alma el sol..."
Gustavo Adolfo Bécquer

Desde las penumbras de los árboles que flanquean el camino lo observaba pasar todos los días, a la misma hora y, aunque invisible a los ojos de él, en su dislate, lo amaba.

Ese día tomó coraje y se animó a seguirlo.

Caminó detrás suyo, a unos diez metros de distancia. El sol se iba poniendo a sus espaldas. Su paso tenía la presteza de los rayos crepusculares, mientras que él, sin prisa, llevaba el ritmo del cansancio.

Con la mirada fija en su figura observaba, con ansiedad, que su sombra crecía, se alargaba, que ya casi lo alcanzaba.

Fue sólo un instante en que su proyección lo rozó, envolviéndolo, como una manta, en una efímera oscuridad.

Colmada de gozo detuvo su andar.

Él siguió su camino ajeno a la hoguera que ardía detrás.

Sumida en un delirio, como Becker, murmuró: "Hoy creo en Dios".

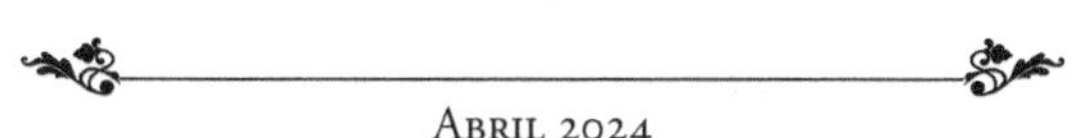

Abril 2024

[15]

Entelequia de amor

La orquesta sinfónica de Varsovia, dirigida por el maestro Cibor Kowalski, comenzó a recorrer las mejores salas de conciertos de Europa alrededor del año 1990. En los ámbitos más ilustrados de las principales capitales europeas se ponderaba su trayectoria que dejaba al público deslumbrado.

María había nacido en Gonesse, a unos 16 km de París, y había estudiado en el conservatorio de esa ciudad. Con su exquisita sensibilidad musical y la pasión que ponía en su vocación, no podía dejar de asistir al concierto que, ese sábado, ofrecería la gran orquesta sinfónica en el Paláis Garnier de París. No tuvo necesidad de asegurarse un asiento en el tren porque todo el grupo de músicos del conservatorio concurrirían al concierto, y ya se habían reservado los boletos y las localidades para tan destacado evento. Además, se comentaba que todos ellos estarían invitados a un ágape en honor de los músicos de la orquesta después de la función.

María disfrutó de aquel viaje como nunca antes, no sólo porque le encantaba viajar en tren, observar los paisajes cambiantes mientras el suave vaivén y el delicado sonido sobre las vías la arrullaban, sino también por la emocionante expectativa del trascendental acontecimiento en su vida musical.

Ya en París, en el Paláis Garnier, y a poco de comenzar el concierto, María empezó a sentir un arrobamiento pocas veces experimentado. Percibió cómo se encendía dentro de ella un fuego sagrado que le producía la Música, en letras mayúsculas. Se concentró en la melodía que dibujaban las cuerdas y se sintió envolver por la armonía del conjunto de los instrumentos. Clarinetes, oboes, cornos y timbales irrumpían por momentos produciendo un arrebato de gozo en ella.

El sitio que se le había asignado en la sala al grupo que venía de Gonesse no era el más cotizado por el público porque estaba en un lateral, pero para María fue el lugar ideal para poder apreciar, desde cerca, todo lo que a ella le interesaba. Poder alcanzar con su mirada el detalle de las manos de cada músico era como poder leer los labios, para un sordo.

Desde ese sitio, ella podía también apreciar, privilegiadamente, los movimientos de la batuta que con tanto talento el director hacía danzar en el aire, marcando el pulso y el compás, mientras que con su mano izquierda gesticulaba, dando dramatismo a los sonidos.

Sí... sin lugar a dudas era el gran Cibor Kowalski el alma mater de ese conjunto de músicos admirables. Era él quien dirigía no sólo con su batuta sino con todo su cuerpo, contagiando su forma de vivenciar la música a un grupo de hombres y mujeres que interpretaban a la perfección todas sus marcas. Su mano izquierda danzaba una coreografía de fusas y semifusas en el aire, señalando las entradas de los instrumentos, y, asumiendo un rol expresivo, elevaba las más sutiles emociones. Mientras tanto, todo su cuerpo vibraba, se encogía, se prolongaba desde sus ojos, con una dulce mirada, hasta sus pies, repiqueteando levemente en el podio según la frase de tensión o distensión de la partitura.

María, embelesada, frenaba su respiración al ritmo que la batuta, con su "levare y anacrusa", sostenía el pulso de la obra. Se presagiaba un final onírico… y así sucedió. La melodía de los violines que se aleja y detrás de ellos los fagots, contrabajos y violoncelos en armoniosa persecución, para luego estallar vibrantes y contundentes, en un acorde final que quedó suspendido por largos segundos en el aire de la sala. María había quedado hipnotizada.

Por eso no fue fácil para ella salir de tal estado de éxtasis, entrar en el modo de vida habitual y compartir el ágape con todos sus compañeros músicos de Gonesse, de la Orquesta Sinfónica de Varsovia, y con el propio Cibor Kowalski. Tímidamente fue tomando confianza e intercambiando miradas y palabras con los músicos. Se escucharon felicitaciones, ponderaciones y comentarios en varios idiomas. Poco a poco, María fue experimentando el placer que produce la vida social cuando se comparte con gente tan afín, con talentos parecidos. En un momento fue presentada al director.

Cibor Kowalski era un hombre de mediana edad, con cabello fino encanecido precozmente. Un cabello que se negaba a ser peinado y que dejaba caer un mechón sobre su frente, descuidadamente, dándole una semblanza juvenil a su delgada figura. Precisamente fue ese detalle de informalidad lo que le dio a María la confianza para estrechar su mano, sintiendo que, al hacerlo, estrechaba la mano del gran músico. No era la mano de un director formal, serio y circunspecto, sino la mano de un hombre común, sencillo, humilde.

La velada transcurrió amena y acotada, pero se hicieron planes para que todos los que quisieran unirse realizaran, al día siguiente, una visita turística a París. Algunos de los miembros de la orquesta regresaban de inmediato a Varsovia, pero unos cuantos se quedaban toda una semana y planeaban realizar distintos paseos. María, a sugerencia del propio Cibor Kowalski, decidió quedarse esa semana y aprovechar las excursiones. En su fuero interno, no podía negar que parte de la tentación en tomarse esos días de vacaciones era el atractivo que comenzaba a sentir por relacionarse con esa persona tan afable y seductora, a quien tanto admiraba como músico.

Fue una semana intensa en la que realizaron todo tipo de excursiones, desde una visita a la parte alta de la Torre Eiffel, un paseo en barco por el Sena, un recorrido por el Valle de Loira donde cataron vino y visitaron castillos, una escapada a la ciudad belga de Brujas, y hasta tuvieron la oportunidad de concurrir a un concierto en la catedral de Saint Dennis. Y siempre alternando, tanto dentro del mismo París como en los lugares que visitaban, con entradas a cafés, para gozar de una charla, distenderse, y ahondar más en los secretos de sus vidas. Compartieron sensaciones y hasta soñaron con que María se incorporara, con su violín, a la orquesta de Varsovia.

Él no era un hombre de impulsos irreflexivos, todo lo contrario, meditaba cada palabra con serenidad, revolviendo la taza como si esperase ver salir las palabras del remolino del café; y ella, poco a poco, sintió que se estaba enamorando de él.

El hotel contaba con un salón especial, en el subsuelo, donde los músicos guardaban sus instrumentos y allí también ejercitaban su rutina diaria. El lugar tenía poco mobiliario, pero contaba con un piano de cola. Siendo precisamente el piano el instrumento de Cibor Kowalski, la noche antes de su partida, estando él sólo en ese salón, se sentó al piano y comenzó a ejecutar una Romanza de Mendelssohn. El sonido de la música que se ejecutaba en ese salón era poco percibido desde otros lugares del hotel, pero María, atraída por el magnetismo de la música, guió sus pasos hasta allí y se sorprendió al ver que era el mismo Cibor quien arrancaba tan bellos sonidos del piano. Se fue acercando quedamente, disfrutando de la romanza sin que él notara su presencia y, con total sigilo, se atrevió a abrir el estuche de un violín que estaba sobre una mesa a su lado, y, muy tímidamente, lo colocó bajo su mentón, tomó el arco y comenzó a ejecutar la misma melodía. A partir de ese momento, los sonidos fueron aunándose para continuar con una total improvisación, dejando atrás la romanza y sucediéndose en el hechizo de una nueva composición, donde las frases se intercalaban como palabras en un diálogo. En esa sala subterránea, sin instrumentos orquestales y sin público, un piano y un violín se comenzaron a comprender, a complementar y a amar, creando una hermosa melodía... sin final.

Pero el final llegó al día siguiente con la partida de los músicos de la Orquesta Filarmónica y su gran director, hacia Varsovia. Ese día, cuando María se dirigió al aeropuerto Charles de Gaulle para despedir a Cibor, amaneció nublado, igual que su ánimo. El adiós fue breve, sencillo. Un abrazo y un sobre que él entregó en sus manos con dos simples palabras: "Hasta pronto". Luego, un giro... y la espalda para dirigirse a la escalera del avión.

Ya de vuelta en el hotel, María abrió el sobre. Le temblaban las manos cuando extrajo de él una nota que decía: "Te espero", junto con un boleto Interrail, sin fecha fija, para viajar de París a Luxemburgo, desde allí a Berlín, donde, abordando otro tren, viajar directo a Varsovia. María no podía contener su emoción, el sueño de toda su vida: viajar en un tren recorriendo distintos lugares de Europa y el posible reencuentro con ese hombre que la había cautivado desde aquel inolvidable concierto.

La entelequia de pensar que se había enamorado de un hombre, por momentos le hacía dudar si no habría sido su música lo que la había seducido. Pero, a pesar de toda su incertidumbre y con la música aun vibrando en sus oídos, decidió poner fecha al pasaje y lanzarse a vivir.

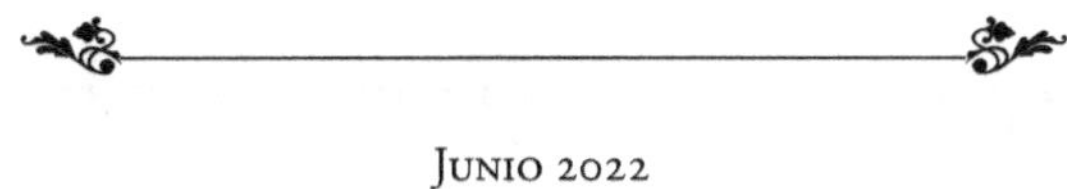

JUNIO 2022

[16]

Un juego paranoico

El fiscal Turdel había contraído un compromiso con la justicia y se proponía llegar hasta las últimas consecuencias en pos de la verdad. Sabía que el camino que había elegido implicaba atravesar situaciones peligrosas, pero su resolución era firme.

Reunido con sus tres hijos ese sábado, la conversación fue variando de temas hasta que los llevó al de las tecnologías avanzadas. Todos opinaban alternadamente sobre cómo, mediante sensores físicos o mecánicos, los algoritmos pueden llegar a manipular el entorno. Emilio insistía en que las nuevas herramientas del mundo digital pueden tomar decisiones e incluso dar solución a problemas, por lo que veía los beneficios de su uso. Carla objetaba con la idea de que todo depende de la información que recoja el algoritmo, pudiendo llegar a objetivos aberrantes, con desenlaces no deseados si interviene la voluntad de espiar y dañar. Miguel, más cauto, hacía observaciones sobre cómo los robots imitan el comportamiento humano y, sosteniendo en su mano el celular todo el tiempo, se expresaba como si estuviera frente a un ser capaz de percibir y actuar en consecuencia.

El Dr. Turdel escuchaba atentamente cada una de sus posiciones. No opinaba, pero era evidente que su intranquilidad iba en aumento. Ellos ignoraban la causa que, como fiscal, él tenía entre sus manos y las consecuencias que podían surgir por haber avanzado en la investigación de un caso donde estaban involucrados la mafia del narcotráfico y el poder.

Continuando con la conversación, pero con un tono menos dramático y más risueño, intentaron poner a prueba la capacidad de espionaje que se les atribuía a los smartphones que ellos poseían. Entonces bromearon con engañar a ese espionaje, haciéndole creer que ellos tenían un interés especial por algo que no fuera cierto. Así fue que se les ocurrió poner todo el énfasis en un bate de beisbol ya que éste no significaba nada en sus vidas.

Jaraneando cada vez más, hablaron de cuánto deseaban obtener un bate, de sus características, de cuánto sería su costo en el mercado y hasta de dónde lo podrían adquirir. Esperaban que el celular les diera alguna señal relacionada con un bate de beisbol en algún momento, quizás no tan próximo.

Cuando la conversación no dio para más y creyendo que en algún momento encontrarían la respuesta que habían buscado engañosamente, se dispusieron a cenar con tranquilidad. Pero el Dr.Turdel no se había relajado, todo lo contrario, se lo notaba nervioso, perturbado, hasta algo distraído. Era consciente del peligro que implicaba su actual investigación.

Miguel era músico, violoncelista y tenía programado viajar el sábado siguiente a Suecia para participar en un concierto en la ciudad de Estocolmo. Con tal motivo decidieron reunirse nuevamente el siguiente sábado para darle una despedida. Ese día, ya cerca del anochecer, se hallaban en casa de su padre cuando Miguel comentó un hecho que le había ocurrido en la semana y que le había llamado mucho la atención.

Lo habían llamado de la empresa de aviación para ratificar el horario del vuelo, y le habían advertido que el estuche de su violoncello iba a ser revisado por las autoridades aduaneras, por lo que debía llevar las llaves consigo y no despacharlas en su maleta. Allí hizo una pausa intrigante. Todos lo miraron como esperando algo más, sin ver nada sorprendente en su relato. Pero entonces, Miguel explicó que él nunca había mencionado el violoncello ni el motivo de su viaje. Le intrigaba saber cómo habían obtenido la información que llevaría consigo dicho instrumento.

Todos comentaron lo extraño del caso y comenzaron a hacerle preguntas a Miguel como para constatar que nunca hubiera deslizado una mención a su condición de músico, tratando de interpretar la extraña recomendación.

Luego fue Carla quien contó algo, también inesperado, que le había ocurrido a ella durante la semana. Dijo que teniendo que hacerse un análisis médico de laboratorio y para evitar tener que dar explicaciones en su lugar de trabajo, había solicitado el primer turno, a las 7 de la mañana, y así poder cumplir con su horario de entrada a la oficina, que era a las 9. Pero, el día anterior a su turno, recibió un correo electrónico de la compañía de seguros para la cual trabajaba, donde le decían que, considerando que tenía que hacerse un análisis clínico al día siguiente, se le concedía el permiso de entrar a trabajar a las 13 en lugar de a las 9.

A esta altura todos se miraron con extrañeza. El Dr. Turdel, casi con pánico en su semblante, comenzaba a imaginar teorías conspirativas ocultas.

Luego Joaquín tomó la palabra y dijo que el juego del bate de beisbol se había transformado y que algo debía de haber en esa inteligencia artificial que había captado sus verdaderas intenciones. Ninguno había recibido noticia ni publicidad alguna que hablara de un bate de beisbol; en cambio, todos habían sido espiados de algún modo en sus realidades. Por último, fue él mismo quien confirmó su creencia al narrar lo que a él también le había sucedido.

Contó que la pileta de su cocina se hallaba algo taponada por lo que pensó que, inevitablemente, tendría que recurrir a la administración del edificio para que le enviaran a Tomás, a quien conocía porque en alguna otra ocasión había ido a su departamento para destapar una rejilla. En el momento en que tomó la determinación de llamar a la administración, sonó el timbre de su departamento. ¡Era Tomás!, dando como explicación, que acababa de recibir un mensaje por WhatsApp de la administración diciéndole que debía concurrir a ese departamento para arreglar una pileta en la cocina. La llamada de Joaquín a la administración nunca se había realizado.

Esta desconcertante narración dejó al Dr. Turdel perplejo. Sus hijos lo percibieron y resolvieron dar por terminado el tema y poner un toque de alegría a la reunión, brindando por Miguel, deseándole éxito en el concierto de Estocolmo y abriendo el paquete de empanadas que acababa de llegar por delivery. Dos de ellas con repulgues hacia arriba, eran las preferidas del doctor, ya que eran de pollo; las restantes eran todas de carne cortada a cuchillo. Comieron contentos, ya casi olvidando los extraños episodios narrados.

De repente, cuando el Dr. Turdel estaba por servirse la segunda empanada, se dobló sobre su cintura con un grito de dolor, al mismo tiempo que se le notaba gran dificultad para respirar.

"¿De dónde son estas empanadas?", exclamó Carla. "¿Quién las encargó, de dónde son...?"

Se miraron horrorizados... nadie las había encargado... solo había estado en sus intenciones hacerlo. Poco antes las habían recibido con total naturalidad, siempre pensando que alguno de ellos las había pedido. Dos de ellas especialmente dedicadas al Dr. Turdel... las de pollo.

Rápidos en sus reflejos, los jóvenes llamaron una ambulancia. El Dr. Turdel fue asistido de inmediato y llevado a una clínica, acompañado por Carla. Sus dos hermanos, mientras se dirigían en auto detrás de la ambulancia, no pudieron evitar relacionar el hecho con todo lo conversado y con los extraños sucesos que les habían estado ocurriendo.

Ya en la clínica, una vez calmados al saber que su padre estaba fuera de peligro, comenzaron las conjeturas, concluyendo en que lo que hasta ese momento les había parecido un juego interesante se acababa de convertir en una certeza. Al ignorar la causa que su padre estaba cursando, por lo que temía por su vida, se preguntaban si había habido una intención perversa o era sólo un pensamiento paranoico.

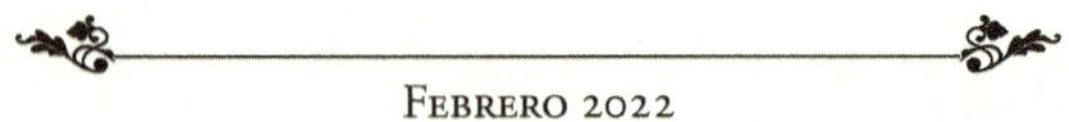

Febrero 2022

[17]

La pitillera

Un hombre camina entre las sombras de una mañana gris. Va atravesando una plaza en diagonal cuando todavía el sol no ha iluminado la escena. Sabe adónde se dirige. Sus pesados borceguíes pisan las hojas del camino, pero su mente atribulada no le permite oír el crujir del otoño que ya se ha instalado en el pueblo, ni el aleteo de las aves que comienzan a desperezar sus vuelos. No percibe lo que le rodea; es solo su cuerpo el que transita la plaza. A pesar de que su ansiedad le pone prisa, sus piernas están perezosas y se mueven con pesadez dentro de sus desvaídas bombachas de campo. Una boina gaucha cubre en parte sus orejas, que empiezan a percibir la fresca brisa de la madrugada. Su mano izquierda se balancea al ritmo de sus cansinos pasos, mientras que su mano derecha, en el bolsillo de su chaqueta, acaricia una pitillera de cigarros importados, regalo de Don Ubaldo por un favor ofrecido. Esa pitillera tiene un incalculable valor para él. Su contenido también lo ha tenido en sus momentos de gozo. ¿Quedará algún cigarro todavía…? No lo sabe, pero… ¡la pitillera, aun vacía, siempre será suya!

Nadie entorpece su camino; ningún sonido distrae sus pensamientos. Está absorto; se siente solo porque no capta su entorno. Presiente que no será fácil el encuentro con quien lo espera.

Ya llegando al final de la diagonal se abren dos calles frente a él. El café se encuentra justamente en esa esquina. Supone que Emilia lo estará esperando en su interior.

—"Casi no te reconozco", es lo primero que le dice Emilia.

—"¿Tan cambiado estoy?", responde él.

Se quita la boina y la apoya sobre el hule de la mesa, junto a la ventana. Hunde nerviosamente sus dedos amarillados por el tabaco en la boina porque no sabe cómo dar comienzo al tema. Emilia deposita también su cartera sobre la mesa dejando ver, de soslayo, sus uñas pintadas de rojo descascarado. Cuando el camarero se acerca, él pide un cortado y ella un vaso con agua.

—"¿Qué sabés de María?", pregunta él, al fin.

Emilia le explica que sólo notaron su ausencia cuando vieron la puerta del corral abierta y cuando sus gallinas deambulaban por las casas vecinas. Agrega que nadie la ha visto irse ni tampoco se ha hecho denuncia por su desaparición. La habían oído quejarse de su soledad y hablar mucho sobre la ciudad. Todos han atribuido su ausencia a su propia voluntad.

—"¿Me culpan?", indaga, hurgando una explicación.

—“Todos la entienden, saben lo sola que se sentía”, responde Emilia.

—“Yo siempre he vuelto”.

—“Es cierto, pero a veces, después de mucho tiempo”.

—“Cómo no iba a volver… ella era mía…”.

—“¡De nadie, era libre!”, con vehemencia se anima a corregirlo Emilia.

Ambos beben un trago para disimular el incómodo silencio que se produce.

—“A menos que haya ocurrido otra cosa”, agrega Emilia poniendo un toque de intriga al diálogo.

—“¿Qué otra cosa puede ser? Si nadie la busca, solo yo, ahora que vuelvo y me encuentro la casa vacía”.

Mira por la ventana sin esperar una respuesta, solo oyéndose a sí mismo. Entonces saca su pitillera del bolsillo y comienza a acariciarla con avidez.

Sin más que decir ni preguntar, emprende su regreso. Decide tomar la misma diagonal del camino que transitara al ir al encuentro con Emilia, la diagonal de la plaza. Ahora la ve distinta, más luminosa. Los rayos del sol entre el follaje de los árboles presagian un día diáfano. Se sienta en un banco; ya sin apuro. Sabe que, esta vez, la ha perdido para siempre. Emilia le acaba de hacer comprender que María no es ni ha sido nunca suya, como no lo será de nadie.

Entonces, en un nuevo anhelo de posesión, saca su pitillera, la abre y descubre que aún le queda un cigarro. Lo enciende mientras comienza el transitar de algunas personas por la plaza. Oye las voces de unos niños camino a la escuela y el saludo del jardinero a un transeúnte que pasa a su lado.

Desde lo alto de un árbol, un ave lo observa: lo ve inhalar hondo y exhalar espirales de humo; también ve a un perro amodorrado junto a su banco y a ese hombre acariciando su pitillera. Con un dejo de nostalgia y mucho de orgullo, está pensando: "¡Ésta será siempre mía!"

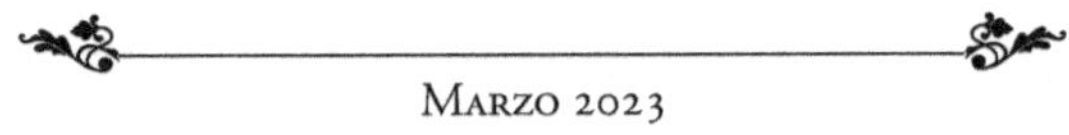

Marzo 2023

[18]

Obsesión

"La creatividad es la inteligencia divirtiéndose"
Albert Einstein

Eloísa dibujaba y pintaba con una frecuencia inusitada. Sus cuadros iban invadiendo, poco a poco, toda la casa que compartía con su hermana Nélida. Utilizando el método de cuadrícula, del cual ya se había convertido en una experta, calcaba cada rostro que caía entre sus manos proveniente de alguna revista, afiche, o simplemente que buscaba en internet, con una precisión sorprendente manteniendo perfectamente las proporciones. Componía diferentes fondos para cada rostro, el ropaje que consideraba más apropiado y variados peinados, podía ser pelo lacio y largo, una melena con bucles cayendo sobre la frente o un recogido con alguna flor al estilo andaluz. En esos detalles residía su creación. Manejaba el lápiz y los pinceles con maestría; su producción no conocía pausa.

Sus lienzos siempre reflejaban mujeres bonitas, como si hubieran salido de una revista de cine. Todos los rostros eran hollywoodenses, sin más expresión que unos ojos somnolientos, inexpresivos, bocas sensuales, pero con sonrisas apagadas; mujeres que no eran rozadas por ninguna emoción, simplemente rostros perfectos que posaban para una cámara viviente: los ojos de Eloísa. Ella los contemplaba y recreaba con creciente fervor. Su entusiasmo por pintar era tal que no salía de su taller durante horas y horas. Olvidaba los horarios; tenía que ser llamada para almorzar o cenar.

Y así, sus cuadros se iban acumulando. Colgaban de cuantos clavos había en las paredes, incluyendo el baño. Se amontonaban detrás de las puertas que no se cerraban, por encima de los roperos y dentro de los armarios vacíos del desván. Nélida se había acostumbrado a esa interminable galería de rostros y, por compasión hacia Eloísa, por quien sentía una debilidad y necesidad de proteger, sin comprender la causa de esa desigualdad en la convivencia, soportaba la invasión de cuadros que, de a poco, ocupaban cuanto espacio libre quedaba en la casa.

Eloísa nunca hablaba sobre sus pinturas. Guardaba un completo mutismo acerca de lo que la impulsaba a dibujar y pintar con la compulsión con que lo hacía. Cuando alguien le preguntaba sobre sus cuadros, sobre qué deseaba expresar, sobre de dónde había sacado la idea, y tantas cosas más que a uno se le puede ocurrir preguntarle a alguien que está inmerso en plena tarea de producción, ella intentaba responder siempre comenzando con la misma frase: "La verdad… sinceramente…" y nunca concluía su idea. Con semejante inicio, su interlocutor esperaba una íntima confesión, una apertura de su corazón para revelar su más guardado secreto… pero al no concluir la frase, perdía el interés por saber y cambiaba de tema.

La vida se había convertido para Eloísa en una desesperada lucha por pintar el siguiente cuadro, aunque nunca daba por concluido el anterior. Era una compulsión irrefrenable. Tenía poca vida social y, por la forma en que se apoyaba en Nélida, mostraba una gran vulnerabilidad personal. Era extremadamente detallista en todos los aspectos, y en sus pinturas era donde más se notaba esa obsesión por lo perfecto. Su refugio era su taller.

Pero desde hacía ya varios días su aislamiento en el taller se había agudizado. Estaba, como es de imaginar, absorta entre sus lápices, sus acrílicos y sus pinceles, pero ahora más que nunca se la notaba enajenada. Incluso cuando salía de su encierro, su mirada estaba ensimismada. ¿Qué le estaba ocurriendo a Eloísa? Estaba, como se sabía, pintando un nuevo cuadro, como siempre lo hacía, pero... ¿Qué le pasaba esta vez? ¿Su estado empeoraba?

Nélida le hablaba de la Tía Porota, quien recientemente había sido internada en un geriátrico, pero Eloísa no seguía la conversación con interés a pesar de querer mucho a su tía. Nélida se daba cuenta de ello. También le hablaba de sus sobrinitos, Julián y Matías, que recientemente habían empezado en una nueva escuela, como para proponerle un tema de conversación más alegre, pero tampoco sentía atracción por hablar sobre los niños. Entonces, intentó provocarle hablándole de las nuevas vecinas, a quienes detestaban por sus ruidos, pero... nada. Completo desinterés. Tan pronto como podía Eloísa volvía a su taller y continuaba con su obra.

Nélida cosía para afuera. Tenía también su propio taller de costura en la casa y era muy reconocida en el barrio por las maravillas que lograba con sus agujas y sus máquinas profesionales de cortar, coser y bordar que había adquirido recientemente. Tenía una selecta clientela que la admiraba por sus labores y le profesaba afecto y respeto. Muchas veces sus clientas notaban los cuadros de Eloísa colgados en la sala pegada al taller de Nélida, e incluso dentro del propio taller de costura. Estaban acostumbradas a verlos y no sentían curiosidad por saber nada acerca de ellos, ni tampoco por observarlos. Los ignoraban.

Después de varios días de este pronunciado grado de desinterés de Eloísa por todo lo que ocurría a su alrededor, salió de su taller con un nuevo bastidor y lo colgó dentro de la sala de costura de Nélida; no porque pensara que estaba terminado, sino para que se secara mejor en ese lugar más ventilado. Seguramente quería aplicarle algunos retoques más, como era su costumbre.

Nélida no se opuso, y tampoco notó nada extraño en ese cuadro porque ni siquiera se detuvo a mirarlo. Pero esta vez se trataba de un cuadro diferente. Ya no se veía en él un rostro ofreciendo su belleza sin vida; ahora apenas se apreciaba la cara de una mujer que, a diferencia de todas las demás modelos, no posaba, sino que se hallaba sentada, de semiperfil, frente a una mesita. Sostenía entre sus manos una prenda blanca que extraía del interior de una caja, y la observaba. Un chal cubría su espalda y caía a ambos costados de su cuerpo. La luz provenía de un rincón de la habitación, por lo que la imagen no tenía demasiada nitidez. Había en este lienzo, sin dudas, grandes diferencias; hasta se podría decir que había movimiento en él. La prenda blanca se deslizaba entre sus dedos.

Al día siguiente, la Sra. Thompson fue a retirar unos pantalones que había encargado para su arreglo. Era la mejor clienta de Nélida, una mujer fina que no oponía resistencia a los cambios que Nélida le sugería en cuanto a los arreglos. Tenía una familia numerosa por lo que concurría con frecuencia al taller con una billetera generosa y firmes decisiones.

La Sra. Thompson sí vio el cuadro. Mostró sorpresa y se quedó observándolo largos minutos. Luego preguntó, como dudándolo: "¿Éste también lo pintó Eloísa?" La pregunta sonó, a los oídos de Nélida, como una señal de alerta. Algo había sucedido... algo había cambiado... Fue entonces cuando ella también se detuvo a mirar el cuadro.

Sin entrar en detalles, le llamó la atención. En éste también la protagonista del lienzo era una mujer, pero con vida. Tenía una enigmática sonrisa que, como la de la Mona Lisa, podía ser interpretada de muchas maneras. Podía verse en ella la nostalgia de quien abre una caja de recuerdos y acaricia un vestido de novia guardado desde hacía mucho, de una boda irrealizada; o podía verse la satisfacción del recuerdo de una boda realizada con plenitud; podía también estar acariciando la prenda que perteneciera a un ser amado; como podía tratarse de un vestido que luciría en una próxima fiesta muy ansiada y soñada...

Pero la Sra. Thompson vio algo distinto en él. Vio que ese chal tapaba el vientre de una mujer embarazada, y la prenda que sostenía en sus manos era parte del ajuar del hijo que esperaba. Así de claro lo vio ella, tal vez influida por el hecho de que su hija también esperaba un bebé en un mes. Como era de tomar decisiones sin dudar, se llevó las prendas que había ido a buscar, pagó por ellas, y dejó encendido su interés por la compra del cuadro.

Es de imaginar la sorpresa de Eloísa cuando Nélida le contó lo sucedido, y cuando brotaban de su boca tantas palabras desbordantes de entusiasmo y determinación por convencerla de vender el cuadro. Eloísa se negaba, como se supondrá. Nunca había pensado en la posibilidad de vender ninguno de sus cuadros. Los atesoraba, los acumulaba, los coleccionaba de una manera obsesiva. Era la primera vez que sentía el privilegio de palpar la ponderación de una obra suya. Hubo un momento en que la idea de hacerse de un dinero propio, fruto del trabajo de sus manos –o de su mente creativa esta vez– la subyugó. Pero también comenzaba a sentir el dolor de desprenderse de él. Este cuadro había sido distinto también para Eloísa. En él había volcado, tal vez por primera vez en su vida, ese fuego interno al que llaman "creatividad".

La discusión sobre el tema entre las dos hermanas duró varios días, pero triunfó el pragmatismo de Nélida, quien llegó a sentir el gozo de, al fin, deshacerse de un cuadro, ya que, por momentos, no los soportaba más. Como pasa con muchas cosas, en demasía resultan desagradables.

En una siguiente visita, trayendo nuevos pantalones de sus hijos para arreglar, la Sra. Thompson concretó la compra. Nélida fue quien le entregó el objeto de tanta discordia, cobró la suma con la que ella misma había tasado el cuadro, con el convencimiento de que una engrosada cifra daría más satisfacción a la Sra. Thompson al sentir que había adquirido una obra de gran valor. Eloísa no estuvo presente cuando se descolgó el cuadro del clavo; no lo resistía. "Asunto terminado", pensó Nélida con satisfacción cuando el cuadro desapareció de la casa.

¡Nada más desacertado!

Eloísa cayó en una profunda tristeza. Sentía la pérdida del cuadro como el más grande desapego de su vida. Comenzó por alejarse de su taller por largas horas. Caminaba por la calle donde vivía la Sra. Thompson todos los días. A veces la ventana del ambiente donde habían colocado provisoriamente el cuadro estaba abierta y Eloísa, disimulando detenerse por causa de un llamado en su celular, paraba para mirar su cuadro. La Sra. Thompson había comprado ese cuadro con un objetivo, regalárselo a su hija cuando diera a luz. Por eso no estaba colgado sino apoyado sobre un aparador, en forma provisoria.

Así, día tras día, Eloísa iba perdiendo entusiasmo por pintar. Ahora solo le obsesionaba volver a ver ese cuadro que tanto quería, y sobre el que nunca supo o quiso explicar, qué había querido expresar. Dejó sus pinceles, olvidó su atril; ya casi ni entraba a su taller. Se sentía vacía; estaba viviendo un duelo. Y todos los días pasaba por la vereda de la casa donde estaba su cuadro, para verlo, aunque fuera por unos pocos minutos. Eso la conformaba.

Hasta que un día, el cuadro no estuvo más allí; había nacido el nieto de la Sra. Thompson y se había concretado el regalo. A partir de entonces, se notó más el deterioro en la persona de Eloísa. Había perdido el interés por todo; incluso dejó de querer comer casi por completo. Con gran preocupación por su salud, Nélida concertó una visita a un médico de confianza. Fue tratada con medicación y derivada a un psiquiatra.

Eloísa no se opuso a ser tratada entregándose en manos de los profesionales con docilidad. Quería vivir, salir de esa desolación en la que había caído, y Nélida hacía todo lo posible por ayudarla.

Así pasaron unos meses, hasta que, en una ocasión, Nélida notó que Eloísa volvía a entrar a su taller. Estuvo allí durante mucho tiempo, limpiando sus enseres y cambiando cosas de lugar. Al salir sorprendió a Nélida al decirle que podía disponer a su antojo de todas sus pinturas, que ella ya no tenía más interés en conservarlas. Le pidió que se ocupara de vaciar todos los muebles donde estaban guardados sus anteriores lienzos, de descolgar cuanto cuadro quedaba en las paredes, de desocupar armarios y despejar lugares. Estaba despertando de una pesadilla. Necesitaba espacio libre; se había sentido muy ahogada y quería empezar una vida nueva. El hecho de que quisiera conservar sus acrílicos, sus lápices, sus pinceles y su atril era muy auspicioso, ya que significaba que, a pesar de todo, sentía un deseo de seguir con su vocación. El desapego del último cuadro le había causado gran pena, pero también le había devuelto la confianza en su capacidad para reflejar sentimientos y emociones a través de sus pinturas. Sentía deseos de lanzarse a la improvisación, experimentar con colores y formas, y expresar todo lo que no podía hacer con palabras.

Sus nuevas e inspiradas pinturas abrieron las puertas de su libertad, dejando atrás una obsesión que casi la consumía, y al tomar el control de sus pensamientos, convirtió la obsesión en una nueva forma de plasmar la realidad, de expresarse pintando, y, sobre todo, de divertirse al hacerlo.

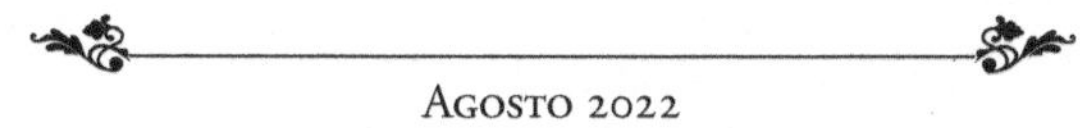

Agosto 2022

[19]

Certezas de un destino

"El destino es el que baraja las cartas,
pero nosotros somos los que jugamos"
William Shakespeare

Alida y Mariano atravesaban momentos difíciles en su vida matrimonial y, siendo yo amiga de ambos, mi impotencia por no poder ayudarlos se agudizaba. Presentía un desenlace sin retorno, y algo así ocurrió en poco tiempo.

En mis largas charlas con Alida, conversamos sobre el misterio del destino en varias ocasiones. Durante nuestra amistad de muchos años debatíamos, a veces acaloradamente, sobre esa fuerza sobrenatural que inevitablemente mueve los sucesos. Nos preguntábamos si era posible escapar del destino trazado, si se podía torcer el curso de las circunstancias. A veces concluíamos que era el azar el que predeterminaba los acontecimientos, una sucesión de hechos imprevisibles, sin plan ni propósito.

Siempre rondaba esa idea en nuestras conversaciones, incluso cuando hablábamos de otros temas. Sin embargo, dadas las circunstancias tan trascendentales por las que Alida estaba pasando, experimentando el duelo de una separación, no se encontraba en condiciones de distraerse en juegos dialécticos. Yo lo comprendía.

Mariano también vivía, a su manera, el dolor de la pérdida de su matrimonio, tras años de convivencia. Yo trataba de confortarlos desde mi posición de amiga y testigo de sus desavenencias, ofreciéndoles mi apoyo. Alida, en su búsqueda por dejar atrás las causas de la separación y comenzar una nueva vida, decidió viajar y hacer realidad un sueño que había pospuesto durante mucho tiempo. Yo la animé a emprender esa aventura que tanto soñaba, de recorrer la costa del Cantábrico, visitar los pueblos de sus antepasados, buscar sus raíces y tratar de ser feliz. El viaje deseado se realizó, y se coronó con la audacia de hacer un crucero por las islas griegas. Después de recorrer los pueblos de sus antepasados, Alida viajó a Barcelona, averiguó los detalles, y vio que era posible concretarlo. Finalmente, reservó y compró un pasaje hacia esos lugares tan emblemáticos. Creyó estar superando los recuerdos de su amor y desamor con Mariano. A veces se preguntaba si realmente lo había olvidado o si, una vez pasado este estado de fascinación, volvería a recordarlo con dolor.

Llegó el día del tour, el inicio de ese maravilloso viaje. Mientras caminaba por un pasillo de la primera planta del barco en dirección a su camarote, Alida notó algo en la oscuridad de la planta inferior, a través de una escotilla de la cubierta. ¡Quedó paralizada! No podía creer lo que sus ojos veían ahora con mayor claridad. ¡Mariano estaba a bordo del mismo crucero, ese mismo día y a esa misma hora!

Con igual lógica que Alida, Mariano también había buscado distanciarse de ella y, por diferentes caminos, había convergido en el abordaje de un crucero en el que realizaría tareas contratadas por una empresa de turismo.

El encuentro fue como el de una primera vez, fascinante. Alida nuevamente se planteó los pensamientos que tantas veces habíamos discutido. El destino o la casualidad habían jugado su truco: los polos magnéticos del imán se volvían a encontrar.

Han pasado muchos años desde que el amor renació entre mis dos amigos, y un nuevo truco de la casualidad me conmovió al revivir las frecuentes conversaciones que tuve con Alida, donde nos planteábamos, al igual que en la mitología griega, el culto a las deidades del destino.

Esta vez, la historia me concierne directamente.

Pedro y yo vivíamos en mundos distantes y diferentes. Lucy, una amiga en común, compañera suya en un grupo de cine debate y mía en un curso de literatura inglesa, hizo, sin proponérselo, que un 20 de mayo nuestros caminos se cruzaran de manera imprevista. Ella había comprado entradas para el cine sin tener en cuenta que Pedro, cumpliendo con su servicio militar obligatorio, no podía asistir ese sábado. Su entrada me fue ofrecida a mí, por afinidad con Lucy. Ese 20 de mayo, a las 3 de la tarde, llegué a su casa deseosa de participar en esa actividad que tanto me atraía. Pero Pedro, sorpresivamente, recibió un permiso del cuartel y se presentó en casa de Lucy seguro de que su entrada para el cine ya estaba reservada. Fue ese día, a las 3 de la tarde, cuando nos encontramos por primera vez. Ese 20 de mayo, nuestros astros se alinearon y trazaron el destino de una vida nueva que nacería desde entonces.

Esa vida fue plena, colmada de momentos de profunda felicidad, y también de escollos que hubo que sortear. Compartimos la emoción de la llegada de los hijos, de los nietos, y también el dolor de la despedida de nuestros padres y de mi hermano.

Sesenta años después, también un 20 de mayo y también a las 3 de la tarde, nos separamos para siempre, de nuevo, de manera inesperada. Aquel primer encuentro había sido tan impensado como la muerte, que nos sorprendió cerrando el ciclo de nuestra historia. Todo lo vivido entre esos dos 20 de mayo se transformaron en un paréntesis de una oración que sigue inconclusa. La vida, como un río, sigue su curso sorteando piedras y riscos hacia el vasto océano, y continúa enseñándome a comprender, valorar y aceptar…

La sincronicidad de las fechas y horas que marcaron una etapa definitiva en mi vida, fue reveladora. Me llevó a buscar significados, a pensar que hay algo más poderoso que la simple causa y efecto. Me hizo creer en una voluntad sublime y misteriosa que se entrelaza con la magia del destino, una fuerza que nos separó, pero que nos volverá a unir constelando nuestras almas en el infinito eterno.

¡Que así sea!

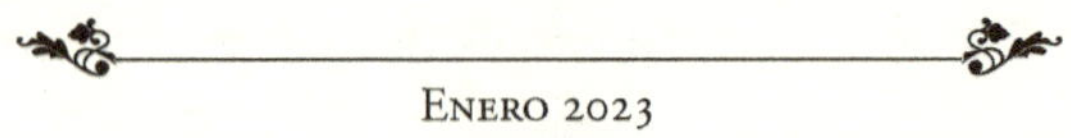

Enero 2023

[20]

Desapego

A Guillermo Pisano,
con admiración

Con algún movimiento ríspido por la edad que lo comienza a entumecer, pero con mucha ternura y fruición al tomar entre sus dedos las herramientas, comienza a ordenar en cajas esos utensilios para trabajar la madera que ha heredado de su padre, también amante de la carpintería; y de su abuelo, carpintero ebanista por profesión. Martillos, tenazas, destornilladores, mazas, limas y alicates, cinceles, cintas métricas y serruchos, llaves, escuadras y sargentos, esos que sirven para afirmar las maderas al banco de carpintero, y hasta el consabido lápiz, todo pasa por sus gastadas manos y, como con una caricia de despedida, los va acomodando en cajas, ordenadamente. Sabe que le han sido útiles en tantos emprendimientos que realizara, que fueron utilizados hasta el cansancio en la construcción de mesas, repisas, sillas y demás aventuras que, en otro tiempo, se atreviera a crear.

Hoy se está despidiendo de ellos con gratitud, porque llenaron momentos de su vida, dándole satisfacción y autoestima. Recuerda cada pieza con devoción. Se ha empeñado en practicar voluntariamente esta tarea no queriendo delegarla a nadie. Es casi como un rito, un mecanismo simbólico que le permite recrear su identidad de un modo diferente al que le dio su profesión.

Con movimientos ríspidos, aunque tiernos y amorosos, está guardando en cajas todos los recuerdos de una larga vida, donde también hubo muchas despedidas... que dolieron.

Y todavía le queda mucho más por desprender. Objetos también cargados de emociones, que formaron parte de una identidad paralela, la del intelectual: libros, cartas, partituras, discos, fotos, y algún objeto que sin sentido específico ha conservado como testigo de momentos felices de él o de su compañera de vida.

Ya es tarde, siente cansancio, hace horas que está despolvando el pasado. Siente que necesita una carga de energía. Se prepara un café y decide hacer una pequeña caminata por el vecindario para agilizar sus piernas. Toma su bastón y sale. Cuando vuelve, ya se siente mejor, ha recuperado las fuerzas y, como no le sobra el tiempo, decide zambullirse nuevamente en los objetos de los que tendrá que deshacerse.

En este revolver cajones se encuentra con sorpresas: cartas que no ha releído en años, textos escritos por él donde ha volcado sabiduría y sentimientos, libros que ha devorado en otros tiempos y de los que, como de la vida, ha aprendido tanto. Está también ese piano del que se ha de despegar con dolor por haber sido el testigo más veraz de su pasión por la música. Pero de él se ocuparán otros. Esa tarea ha decidido delegarla.

Hace una nueva pausa, abre una ventana para respirar el aire fresco. Desde el árbol, un ave lo ve enjugarse una lágrima. Él decide, entonces, no mirar más el pasado, concentrarse en lo que está por venir: su nueva casa, su nueva vida, tal vez nuevos contactos, nuevas relaciones, nuevas ilusiones.

Hoy ya ha llegado la noche y las luces comienzan a apagarse. Sin embargo, siente que todavía hay vida por delante y se ha propuesto desapegarse de las ataduras del pasado para poder proyectar una nueva vida. ¡Qué fortaleza, qué tenacidad y empeño, a su edad…!

Claro, el futuro está lleno de incertidumbre, el pasado tiene certeza. El timbre de la puerta lo sorprende, está sólo y no espera a nadie. Lentamente se encamina hacia la entrada de su casa cuando ve abrirse la puerta. Es Lucía, su nieta, que tiene llave, y ha venido con su esposo. "Hola, Abu", le dice mientras lo abraza fuertemente. "Te vinimos a acompañar."

Lucía representa en el presente todo lo que él ha sembrado. La abraza con ternura mientras piensa: "He vivido una vida plena, con aciertos y errores, pero no tengo dudas de que he amado tanto como he sido amado".

Junio 2024

[21]

El cuadro encantado

Transitaba de sur a norte por la calzada de la calle Defensa cuando, sorpresivamente, vi el cuadro. Era el mismo cuadro. ¡Cómo no reconocer esos ojos inquietantes, acusadores, que tanto llegué a detestar! Ahora me miraban una vez más, mientras yo deambulaba sin rumbo ni objetivo por las calles de San Telmo. Aún desde la vidriera de un viejo anticuario, entre báculos, falsos trofeos, estatuillas y alguna lámina de paisaje aburrido, me seguían persiguiendo, culpándome... Jamás hubiera pensado que los volvería a ver.

Cuando alquilé ese cuartucho de una vieja casa en Palermo, hace cuatro años, tuve deseos de huir. Había en el ambiente un olor desagradable que lo impregnaba todo. Llegué a pensar que sufría de fantosmia, que alucinaciones olfativas me hacían aborrecer todo, aunque, en realidad, lo que más me desagradaba era ese cuadro que colgaba justo frente a mi cama. Era la imagen de una persona que espiaba entre cortinados. En un juego de sombras, con colores vagos, no se percibía edad ni sexo. Solo esos ojos que me penetraban haciéndome sentir culpable, sin precisar de qué.

Confieso que las primeras noches no pude dormir. De no haber sido porque tenía que entregar mi informe en quince días y que me hallaba muy cerca del despacho donde debía acreditarme diariamente, hubiese tratado de encontrar otro lugar para hospedarme. Pero tampoco disponía de tiempo ni de dinero para buscar mejor alojamiento. Pensé que quince días pasarían pronto y no quise que me arredrara el repulsivo cuadro.

La luz que lo iluminaba procedía de una araña de bronce ennegrecido, de tres luces, con caireles facetados, que estaba ubicada en el centro del cuarto. Decidí mantenerla apagada, para no ver esos ojos que me perseguían. Prendía, en cambio, un velador que, con una pantalla amarillenta, solo iluminaba la mitad de la pared y dejaba al cuadro en penumbra. Pero, a pesar de eso, yo oía voces en las tinieblas que me hablaban a mí y que parecían proceder del cuadro.

En las sucesivas noches, sin embargo, pude, afortunadamente, conciliar el sueño. De día, si bien abría las persianas tan pronto me despertaba, las sucias cortinas amainaban la luz del sol dejando al cuadro en una semi oscuridad.

Yo continuaba con mi trabajo concienzudamente. La concentración me distraía y olvidaba la presencia del cuadro. Pero admito que no me sentía bien. Añoraba mi casa, mi provincia, y eso me generaba ansiedad por volver a reunirme con mi familia y alejarme de ese lugar. Eran esos ojos acosadores los que me alteraban.

Pensé en sugerirle al casero que lo quitara de mi cuarto, pero… ¿qué excusa le pondría? Admitir la verdad me ponía en un estado de gran vulnerabilidad. Mi consuelo era dejar pasar los días. Todo se acabaría con la entrega de ese informe y el regreso a mi provincia.

Comencé a preguntarme sobre el artista que había concebido semejante cuadro. ¿Qué había querido expresar? ¿Pertenecían esos ojos a un perseguidor, a un perseguido, a un salvador…? En vano busqué el nombre del pintor. Parte de la firma estaba borrada tal vez por la humedad, y el trazo que quedaba era como la línea que subraya una rúbrica, ilegible.

En mis pocos ratos libres visité galerías de arte y pinacotecas para indagar firmas de artistas. Buscaba encontrar un trazo parecido. Todo infructuoso. Nada pude averiguar sobre el pintor.

Un día me enteré que la casa había sido recientemente vendida a una empresa constructora que se haría cargo de su demolición para construir, en ese predio, un edificio torre en corto tiempo. Aunque faltaban ya pocos días para que me fuera de allí, la noticia me puso contento. Todo quedaría reducido a escombros, la casa y sus contenidos.

Entonces comencé a fantasear sobre el destino del cuadro, ya mucho más aliviado. Con semejante novedad, hasta me animé a fijar mi vista en los ojos, desafiándolos, presumiendo que ya no les temía. Era como si quisiera despedirme de ellos.

A mi regreso, ya en casa, al comentar las impresiones que me causara el cuadro e insinuar que tenía potestades, todos pensaron que el problema estaba en mí. Lo atribuyeron a la abrupta separación que había tenido que hacer al aceptar ese trabajo. Me sugirieron un tratamiento psicológico para ayudarme a superar esa pesadilla que yo atribuía a los poderes de un cuadro, pero no lo creí necesario. Ya me había alejado y había logrado olvidar los perturbadores ojos. Mi vida volvía a la natural rutina.

Cuatro años después volví a Buenos Aires, ya no por trabajo sino por turismo. Quería conocer lugares, disfrutar de la ciudad como no lo había podido hacer en la anterior ocasión. Así fue como, caminando por San Telmo, tuve ese encuentro inesperado y sorprendente. Un designio quiso que esos ojos me volvieran a mirar, ya con una mirada menos inquietante. Ahora se hallaban presos, literalmente presos en la vidriera de un anticuario, desmerecido por los variados y obsoletos objetos que lo rodeaban: una plancha de carbón, un manómetro, dos pesas de balanza... Sentí satisfacción al verlo humillado entre objetos inútiles. Estaba saboreando una venganza. Me detuve un rato a contemplar el espectáculo que me ofrecía esa vidriera. Lo estaba disfrutando.

Luego tomé coraje y entré. Otra vez volví a percibir un olor desagradable que me hizo recordar aquel cuartucho de Palermo. Mostré interés por el cuadro e inmediatamente el vendedor comenzó a hablarme sobre un extraño sortilegio que poseía esa pieza. Para dar pruebas de esos poderes, me contó que se había perpetuado luego de una demolición, donde había quedado sepultado entre escombros, intacto. Luego me narró otro episodio que se le atribuía al cuadro: un juez había declarado una medida cautelar sobre los bienes de la casa donde se hallaba el cuadro, siendo precisamente ese cuadro el único objeto que se salvara del embargo. Quería convencerme sobre los extraños poderes que tenía, no sé si con ánimo de disuadirme de que lo comprara, a modo de advertencia, o para aumentar su valor. Aunque no le creí del todo lo que me narraba, lo escuché con atención, luego negocié el precio y finalmente lo adquirí.

Ya con el cuadro envuelto bajo mi brazo, seguí caminando, pergeñando una venganza. Sería el fuego… tal vez el desbarranco hacia un precipicio… una exhibición bochornosa en una importante galería de arte… o un entierro ritual. Caminé, caminé… siempre con él bajo mi brazo…

Hasta aquí mi memoria, luego fue como si una nube me envolviera y no me permitiera ver ni recordar lo que sucedió.

Mi hermana Ema se hizo cargo de mi internación, acompañándome en todo momento, aunque dejé de verla por un tiempo porque los médicos así lo aconsejaron. Ella se hizo cargo de mis pertenencias, el paquete que llevaba bajo mi brazo, envuelto, entre ellas. Cuando al cabo de unos meses salí de mi amnesia, me dieron el alta. Ema me acompañaba. Ya recordaba todo lo acontecido aquel día, mi caminata por la calle Defensa, mi encuentro con el cuadro, las palabras del vendedor advirtiéndome sobre los poderes que se le atribuían, y, finalmente, mi adquisición de él. Los médicos habían autorizado que se me pusiera al tanto de todo lo ocurrido durante mi ausencia porque ya estaba curado.

Así fue como me fui enterando sobre el extraño incendio que destruyó la construcción que mi hermana había hecho edificar, en el fondo de su casa, para mí. Los peritos nunca encontraron la razón del inicio del fuego. Preguntada Ema sobre lo ocurrido, su relato acababa siempre en el momento en que depositó el paquete que yo llevaba bajo mi brazo, siempre envuelto, en la sala donde comenzó el siniestro.

Solo yo sentía que tenía la explicación de todo, pero no quería hablar más sobre el tema. Las palabras del vendedor del anticuario, cuando me mencionó ese extraño sortilegio, habían quedado en mi memoria, pero quería sepultarlas para siempre. Ema nunca supo qué contenía ese paquete grande, envuelto en papel madera, que depositó en la sala de mi futura casa, que nunca llegué a habitar.

Esta vez el fuego lo había logrado destruir todo, y esos ojos inquisidores y los raros poderes de ese cuadro encantado habían quedado reducidos a cenizas, para siempre.

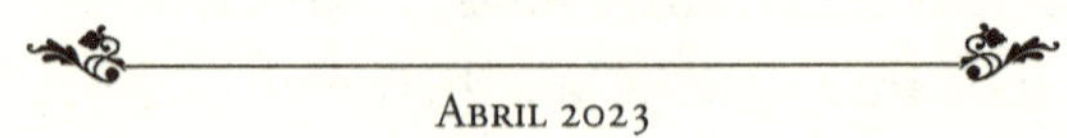

Abril 2023

[22]

Redimido

Pierre Laurent, con su auténtica pasión por la música y su innato talento para el violín, cursaba ya el último año en el prestigioso conservatorio de la gran metrópolis. Su origen pueblerino hacía de esta experiencia una verdadera odisea, en la que cada obstáculo se convertía en una oportunidad para acercarse a su sueño. Lejos de su familia, de los amigos de infancia, y, sobre todo, sin un espacio propio donde practicar, se armaba de ingenio y determinación para superar los retos que le imponía la ciudad.

Cada mañana, temprano, se adentraba en los túneles del metro, buscando algún rincón apartado que no interfiriera con el ir y venir de los pasajeros. Abría entonces su estuche, desplegaba el atril y colocaba sobre él las partituras que iba a estudiar ese día. No podía utilizar su pequeña habitación en la vieja pensión, donde no le permitían practicar, así que cada jornada elegía un sitio distinto en el metro para dedicarle tiempo a su violín. Inmerso en la música, apenas notaba a los transeúntes que, siempre apurados, pasaban a su lado sin detenerse a escuchar las delicadas notas que él ofrecía como regalo sonoro.

De vez en cuando, algún curioso se detenía unos minutos, a veces incluso dejando unas monedas en su estuche, a lo que Pierre respondía con una leve mirada de gratitud, sin interrumpir su interpretación. Su dominio del arco y del *pizzicato* era notable, y, tras las escalas y ejercicios técnicos, interpretaba fragmentos de conciertos que resultaban una delicia para aquellos pocos pasajeros que transitaban sin auriculares. Pierre brindaba dulzura, armonía y paz con su música, mientras él mismo encontraba un equilibrio entre el placer de tocar y la superación de sus propias limitaciones.

Cada día era un pasillo distinto en una estación diferente. Siempre buscaba un rincón donde no perturbara el paso de la gente y, al mismo tiempo, un lugar que le permitiera abstraerse y concentrarse en su música. Ese día no se dio cuenta de que, cerca del lugar que había elegido, había un bulto cubierto por una manta. Desplegó sus enseres cerca y comenzó a tocar con auténtica concentración. Llevaba ya un rato tocando con pasión cuando notó que la manta que cubría el bulto a su lado, se movía. De entre sus pliegues asomó la cara de un hombre, casi anciano. Sus ojos, sombreados por gruesas cejas, lo miraban con asombro. Lentamente, el hombre fue apartando la manta que lo cubría, y apareció, de cuerpo entero, un hombrecito enjuto, cubierto por raídas ropas, casi harapientas, de largos cabellos blancos enmarañados, con una barba crecida que enmarcaba su boca entreabierta, mostrando su estupor.

Al verlo, Pierre detuvo su música. El hombre extendió los brazos hacia él mientras decía: "¡Sigue!". Pierre, obedeciendo el pedido de aquel desconocido conmovido por su música, y sintiendo también la rara empatía que nace entre dos cuerdas que vibran al unísono, continuó tocando... y tocó las melodías más dulces que le venían a la memoria. Luego hizo una pausa, guardó su violín en el estuche y se sentó en el suelo, junto a él, para conversar.

Este casual encuentro dio comienzo a una verdadera amistad. Pierre supo sobre la triste trayectoria de un violinista que, por un desgraciado desvío del destino, acabó despojado de todo, hasta de su violín, condenado a vivir en la calle, en el día a día de una lucha por sobrevivir, por encontrar un refugio en la incertidumbre. Supo que el frío era su enemigo, el hambre una tortura silenciosa, y la soledad un peso insoportable.

Los recuerdos de lo que una vez fue su vida, con talento musical y verdaderas habilidades en el manejo de ese maravilloso instrumento, se habían ido desvaneciendo en el correr de los días vividos bajo la lluvia y las miradas indiferentes de los que pasan sin ver. Para Pierre, conocer a este hombre fue como si se hubiesen abierto de golpe las ventanas de un infierno y de un cielo a la vez.

Juntos caminaron... conversando y conversando, sin rumbo, acabando en la pensión donde vivía Pierre. Allí pudo ofrecerle todo lo que materialmente ese hombre estaba necesitando: un baño, ropa limpia, un plato de comida y descanso.

Pierre estaba emocionado por haber encontrado un ser que, además de hacerle ver ese mundo turbio donde se alojan tantas almas olvidadas, le hablaba con real conocimiento sobre las técnicas para el estudio del violín, le daba consejos para mejorar su afinación, su capacidad de escucha, su postura corporal para dominar las cuatro posiciones básicas y desarrollar habilidades como concentración, memoria y perseverancia.

Este hombrecito endeble y encorvado había resultado ser el primer violinista de una orquesta formada por músicos que habían tocado en la sinfónica de Nueva York, pero que se había disuelto hacía ya unos años. Las severas contingencias de su vida y el paso del tiempo lo habían derrumbado, llegando al nivel de indignidad mayor: el sentimiento de invisibilidad, de convertirse en una sombra en el mundo, sin nombre, sin voz, y sin posibilidad de expresarse como él sabía hacerlo, con su violín.

Pero el casual encuentro con Pierre cambió su vida. En poco tiempo se convirtió en el verdadero maestro de los violinistas que estudiaban con él en el conservatorio, y especialmente de Pierre, a quien consideraba más que un discípulo, un hijo.

François Moreau recuperó su nombre, el respeto por sí mismo y su dignidad ontológica. Sus gastadas manos no le permitían ejecutar el violín como lo supo hacer en otras épocas; sin embargo, cuando quedaba sólo en la sala donde daba sus clases a los estudiantes, muchas veces tomaba el instrumento y lo hacía sonar con tanto sentimiento que soslayaba la rigidez de sus articulaciones y volvía a hacerlo llorar, cantar y reír.

Era, sin dudas, el prodigio de esa caja maravillosa de madera noble lo que le había devuelto sus ganas de vivir; era simplemente esa caja, que parecía haber sido esculpida por el viento y la armonía, con sus ornamentadas hendijas talladas para dejar salir suspiros, con un brazo delgado que extendía su mano a la música y con sus cuatro cuerdas tensas y ligeras, que vibraban al roce sutil del arco, haciendo que resuene con una voz inigualable, el instrumento único para él, el que había obrado la magia de devolverle las ganas de vivir, redimiéndolo: el violín.

Septiembre 2024

[23]

A vista de pájaro

Nada podía resultarle más desalentador a Ramón que la idea de viajar a la capital. Acostumbrado a la calma inmutable de su pueblo, no encontraba mayor felicidad que en la sencilla compañía de su esposa Celina, sus dos perros, Tono y Cardio, y sus gallinas ponedoras. De vez en cuando, también disfrutaba de una charla tranquila con algún vecino, ya fuera para comentar sobre el clima o intercambiar novedades acerca de la cría de aves.

En cambio, Celina sentía un particular deleite en visitar, no más de dos veces al año, a una hermana, un cuñado y tres sobrinos que vivían en la ciudad, precisamente, el lugar más detestado por Ramón. Él no soportaba la compañía de los familiares de Celina durante más de media hora: su hermana, que no dejaba de hablar mostrando siempre su erudición; su cuñado, convertido en un enemigo acérrimo desde que su equipo de futbol goleó al de Ramón, y los tres sobrinos que eran insoportablemente activos. Prefería los estridentes gritos de los teros que habían anidado en su terreno y defendían su territorio, al bullicio de esos tres alborotadores que nunca se aquietaban.

A pesar de estas diferencias, existía un acuerdo tácito entre Ramón y Celina que no planteaba obstáculos insalvables. Ramón sabía que, irremediablemente, en el mes de mayo y un poco antes de las fiestas de fin de año, Celina comenzaba a planificar su tan deseado viaje. Él siempre la llevaba en su camioneta hasta la estación donde ella abordaba el tren por la mañana temprano. Los dos tenían un código de respeto mutuo por las acciones del otro, un código que nunca se expresó en palabras, pero que se ponía en evidencia.

Celina ponía gran ilusión en el viaje, aunque no lo compartiese con Ramón. Compraba su billete gracias al favor del hijo de su vecino, que manejaba la computadora con destreza. Él le había explicado a Celina cómo funcionaba esa magia: simplemente, oprimiendo teclas enviaba señales que eran captadas por un satélite y luego llegaban directamente a la oficina de ventas de pasajes de Ferrocarriles Nacionales. En pocos minutos, obtenía el pasaje impreso en papel y sin necesidad de salir de su casa. "Una verdadera obra de magia!", pensaba Celina, por eso admiraba al hijo de su vecino y siempre le traía un regalito de la gran ciudad.

Esta vez, ya entrado el mes de mayo, Celina comenzó a ilusionarse mucho con ese viaje. Todos los días, desde que había adquirido el pasaje, iba llenando su gran bolso de regalitos y proyectos. También sentía un poco de nerviosismo porque el tren pasaba por su pueblo muy temprano y generalmente, la noche previa al viaje, no podía dormir. No era una persona que se entregara mansamente en brazos de Morfeo, sobre todo si su sueño se vería interrumpido por una alarma que sonaría a las cinco de la mañana. A pesar de haber dedicado parte del día a preparar un matambre para Ramón (porque sentía la necesidad de compensar tanto esfuerzo que había puesto en la preparación de dulces de higo para sus sobrinos, y de liebre en escabeche para su cuñado y hermana), a pesar de haber invertido tanto tiempo y dedicación en ese plato para Ramón, a pesar de lo cansada que se sentía... el sueño no llegaba. Finalmente, cuando cayó vencida, sonó la alarma y comenzó a apurarse.

Celina creyó que todo estaba listo desde la noche anterior, pero surgieron imprevistos que la retrasaron. Corría de un lado a otro, recogiendo alguna prenda que de pronto consideraba necesario empacar, apagando luces, abotonándose su saco. Además, incluyó algunas nueces en su bolsito de mano por si le apetecía comer algo durante el viaje. Presa de los nervios porque empezaba a oírse el silbido del tren anunciando su llegada a la estación, le pidió a Ramón que llevara rápidamente su bolso a la camioneta y encendiera el motor. Ramón ya la esperaba al volante y había hecho lo propio sin necesidad de que ella se lo pidiera.

La camioneta se puso en marcha a toda velocidad por las tranquilas calles del pueblo. Sólo se escuchaba el ruido del constante pitido del tren. Ramón nunca antes había recorrido esas cuadras que los separaban de la vieja estación a una velocidad tan alta. El cielo comenzaba a iluminarse, pero las calles aún estaban vacías de autos, motos, bicicletas o peatones. Parecían ser los únicos seres vivos de un pueblo que adormecía, aunque el sonido del tren despertaba a todos los lugareños.

Finalmente, llegaron. Celina, sujetando su cartera de mano, salió de la camioneta de un salto, mientras Ramón recogía el pesado bolso entendiendo que Celina no podría correr con una carga tan pesada. Normalmente era ella quien recogía el bolso y se dirigía al tren caminando sin prisa, mientras Ramón se despedía desde el interior de la camioneta, sin bajar. Pero esta vez el tren estaba a punto de partir y no había tiempo para esperar. Ramón tomó la delantera y corrió hacia la puerta abierta del último vagón. Dio un salto y dejó caer el bolso a sus pies, ya en la plataforma del vagón. Celina lo seguía a unos cuatro metros de distancia, corriendo tan rápido como sus piernas se lo permitían. En ese momento, el tren emitió dos largos silbatos y, de repente, sin darle tiempo a Ramón a reaccionar, la puerta de vidrio del vagón se cerró de golpe, justo a sus espaldas. Celina detuvo su carrera, aunque la inercia la hizo avanzar unos metros más. El tren comenzaba a alejarse cada vez más de ella, con Ramón adentro. Consternada, aferrada a su cartera dejó salir toda su furia y desilusión apretándola, hasta que sus manos le dolieron.

Ya estaba amaneciendo cuando un ave madrugadora, ansiosa por anticiparse a los primeros rayos del sol, voló en círculos sobre la vieja estación, a unos diez metros de altura. Con su aguda visión pudo ver a un hombre golpeando con sus puños la puerta cerrada del último vagón de un tren que aceleraba su marcha saliendo de la estación. También pudo ver a una mujer parada en medio de un andén vacío, mirando fijamente el espacio que se agrandaba separándola cada vez más del tren, con una cartera asida a sus manos, mientras de sus labios salía un "¡Nooo!" y lágrimas empezaban a mojar sus mejillas. El ave pudo ver también una vieja camioneta abandonada en medio de la calle de la estación, con ambas puertas abiertas.

Dio dos vueltas más sobrevolando la vieja estación, como si intentara comprender lo que veía. Luego se alejó planeando hacia el este, dejando atrás esta escena al igual que tantas otras que solía presenciar desde su posición atemporal. Escenas de las pequeñas y grandes frustraciones humanas. Después, siguió su camino volando sobre los campos, indiferente, con su eterno presente de libertad para dar la bienvenida al sol del nuevo día.

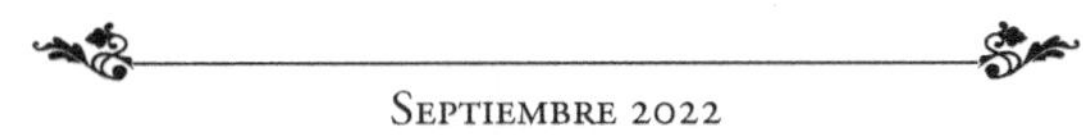

Septiembre 2022

[24]

Celos

"Puedes ser la luna, y, aun así,
estar celosa de las estrellas"
Gary Allan

Su amistad nació junto con ellas. Ya desde el vientre de sus madres, durante una visita entre dos amigas embarazadas, se inició el mito de que las dos niñas por nacer serían "amigas para siempre". Todos desearon que así fuera, y así fue. La amistad entre Mónica y Anabel fue siempre indubitable. Crecieron con esa convicción y nunca la cuestionaron.

Mónica tuvo hermanos que compartieron sus juegos y le quitaron el privilegio de ser la única destinataria de todas las complacencias y caprichos. Anabel, en cambio, siempre fue hija única, así como la única nieta y sobrina. Recibía todos los mimos y consentimientos de una familia que centró toda su atención en ella.

También se encontraba Inés en el grupo. Hacía unos años que se había mudado al barrio y se llevaba muy bien con ambas, pero no competía por el privilegio de haberlas conocido "desde siempre", como presumían Mónica y Anabel.

Inolvidables travesuras, secretos y anécdotas formaron parte de una niñez tranquila que hubieran deseado fuese eterna. Sin embargo, un día la adolescencia puso fin a esa etapa cuando las encontró hablando de novios, de paraísos lejanos, de impaciencia por convertirse en alguien, de ansias de libertad. Las dos amigas seguían compartiendo secretos, a veces involucrando también a Inés, aunque no de la misma manera. Anabel sentía un recelo oculto al compartir emociones más íntimas con ella, y aunque siempre se las veía a las tres juntas, deseaba que Inés no participara en todas sus actividades. Por eso se alegró cuando la familia de Inés se mudó a una casa más lejana a la de ellas. Pensaba que la distancia reduciría la familiaridad de su amistad con Mónica sobre la cual ella se creía con derecho. Un derecho que ejercía cada vez que tenía la oportunidad.

La confianza entre las dos, era evidente. Cuando la familia de Anabel se iba de vacaciones, Mónica se encargaba de alimentar al perro, cerrar el portón del garaje cada noche, y encender las luces del porche en la casa de Anabel.

Esa noche sin luna, de aquel verano inolvidable, Mónica utilizó ese privilegio y abusó de él. Anabel y su familia se habían ido de vacaciones y Mónica cumplía con su misión de ir todas las noches a su casa. Junto a la puerta de entrada, colgada de un llavero en la pared, se encontraba la llave del auto de Anabel, un flamante regalo de sus padres al cumplir los 18 años. La tentación fue grande porque ya había decidido ir al encuentro que se realizaría en el Club Social del barrio esa noche, y hacerlo en el auto de Anabel la llenaba de orgullo y felicidad. Así lo hizo, sin remordimientos, pensando contarle a Anabel, a su regreso, sobre la maravillosa experiencia que había tenido. Nunca imaginó que, después de una noche tan placentera, tan llena de luces, de música, de alegría, los primeros rayos del sol la sorprenderían llorando, arrepentida.

El choque había sido fuerte, resultado de una torpe maniobra de ambos conductores. El auto quedó muy destrozado, pero afortunadamente, ni ella ni el chico que manejaba la camioneta sufrieron lesiones.

Mónica lloraba. ¿Cómo explicarle a Anabel lo ocurrido? ¿Cómo pedirle disculpas? ¿Llegaría algún día a perdonarla? ¿Llegaría algún día Anabel a comprender que, esa noche, sin medir consecuencias, se había sentido tan dueña del auto como la misma Anabel? ¿Cómo hacerle entender que, por momentos, y dada la gran amistad que las unía, se había percibido con los mismos derechos de un miembro de su familia? Temía la reacción de Anabel, temía que eso desencadenara una separación entre ellas.

Tan afligida estaba que buscó refugio en Inés, quien la consoló y aconsejó que hablara con Anabel con toda la verdad, porque ella la comprendería. Le sugirió que le explicara cómo se había dejado tentar y lo arrepentida que estaba de haber abusado de su confianza al tomar su auto como propio.

A su regreso, Anabel escuchó con gesto hierático las explicaciones que Mónica le daba entre lágrimas. Nada en su semblante mostraba enfado o reproche, solo una total inexpresividad. La escuchaba con indiferencia, como si Mónica estuviera contando un hecho ocurrido con un auto ajeno, no el suyo. No se producía la reacción que Mónica había imaginado; al contrario, su expresión era de complacencia. Llegó a preguntarle si lo había pasado bien en la fiesta, mostrando total desinterés por lo ocurrido con el auto. A pesar de que Mónica insistía en ofrecer explicaciones y asumir la culpa, Anabel continuaba sin mostrar enfado alguno. Mónica explicó entonces que el seguro se haría cargo de todos los gastos y que, de no ser así, le prometía que ella encontraría la forma de compensarla.

En este punto de la conversación, Anabel mostró deseos de calmar la angustia de Mónica y le sonrió, diciendo que había cosas peores y que no valía la pena disgustarse por eso. Entonces, Mónica, sin saber qué más disculpas ofrecer y abriendo su corazón, le dijo que ella estaba hablando con toda la verdad, tal cual le había aconsejado Inés cuando, desesperada, había recurrido a ella para volcar su desolación por lo ocurrido.

Esas palabras encendieron la furia de Anabel. Enrojeció como si una llama prendiera la hoguera de su ira. Mónica se aterró al notar el repentino cambio de ánimo de su amiga, sin comprender aún el motivo que lo había causado. Pero de inmediato lo entendió cuando Anabel, con gesto ardiente, exclamó: "¡¿Y todo esto se lo contaste a Inés antes que a mí?!", para luego, decepcionada, agregar: "¡Nunca hubiera esperado eso de vos!"

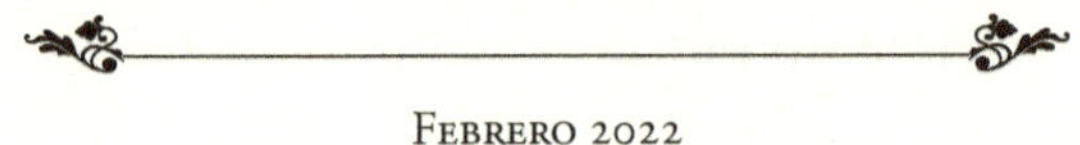

Febrero 2022

[25]

Silencio culposo

"Cuando la letra fría vulnera el espíritu con el que fue concebida, pierde sentido la ley misma".

Toys & Joyce se colmaba de gente para Reyes y para el Día del Niño. Multitud de padres y abuelos, todos con el incontenible deseo de homenajear a un niño, de satisfacer sus caprichos o de llenar vacíos, acudían con abultadas billeteras al gran emporio del juguete que se erguía en las afueras de la ciudad. Ese día, víspera del Día del Niño, no podía ser diferente. Las combis esperaban formando una larga hilera, listas para llevar de regreso a sus barrios a los felices compradores cargados de paquetes, cajas y bolsas, donde el sello del gran mercado aparecía repetidamente entre dibujos de hadas, payasos, trenes y trompos.

La señora Elvira y la señora Marta entre tantas otras madres hacían cola para tomar una combi. Ambas con sendos paquetes se ubicaron con cierta dificultad dentro del vehículo consiguiendo un asiento en el fondo. No se conocían, pero las igualaba el volumen del envoltorio que depositaron sobre sus rodillas, y el desmesurado entusiasmo y satisfacción de haber cumplido un mandato insoslayable: comprar un juguete para sus hijos. Sentadas una al lado de la otra, haciendo lo posible por ocupar el menor espacio y no molestar, lucían una sonrisa en el rostro. Imaginaban el momento de la entrega del juguete, la expresión sorprendida y alegre de sus hijos, quizás incluso la compensación por un sufrimiento anterior.

La combi tardó unos cuantos minutos en arrancar y les esperaban unos veinte minutos más de viaje para llegar a sus casas. Era inevitable entablar una conversación, tal vez trivial pero necesaria para liberar el sentimiento oculto que justificaba esa tarde tan ajetreada.

La señora Marta fue quien inició el diálogo al comentar lo satisfecha que estaba por haber podido, con la simple compra de un juguete, amortizar un poco una pérdida que su hijo había sufrido recientemente. Ante la curiosidad de la señora Elvira, comenzó a explicar la situación. Su hijo, un niño de seis años, tenía una marcada devoción por su mascota, un cachorro Beagle llamado Toby. Comentó que ellos vivían en el barrio Loma Alta, al otro lado del arroyo, cruzando el puente, y que alquilaban un departamento desde hacía casi un año. Agregó que estaban conformes con el lugar, con el vecindario y con el departamento, pues les resultaba muy cómodo.

"¿Aun con el perro?" –interrumpió la señora Elvira. La respuesta fue enfatizar las virtudes del animalito que, habiendo nacido y vivido siempre en un departamento, era obediente, tranquilo y silencioso, además de ser la gran compañía de su hijo, quien, como todavía no había comenzado la escuela, pasaba largas horas entretenido jugando con él.

La señora Elvira escuchaba con atención y con esporádicos "Claro...", "Comprendo.", "Es cierto...", seguía el relato con creciente interés. Al continuar, la señora Marta le anticipó un triste final al decirle que, lamentablemente, se habían tenido que desprender transitoriamente de Toby, dejándolo en una guardería hasta que resolvieran el tema de la vivienda. Alguien, seguramente movido por un mal sentimiento, había presentado una denuncia en una asamblea del consorcio. Según el reglamento no estaba permitida la tenencia de mascotas en el edificio. Allí se quebró un poco al recordar la infructuosa tarea que había sido el tratar de conseguir un departamento que los aceptara con un perro, teniendo, por último, que mudarse no sólo del edificio, sino del barrio, pasando a vivir al barrio de Las Acequias, del otro lado del puente; un lugar más competitivo y con una población más prejuiciosa.

A esta altura de la historia, la señora Elvira se mostró conmovida y empezó a tornarse pensativa. Atinó a quedarse callada unos instantes, hasta que preguntó: "Y... ¿en qué calle del barrio Loma Alta vivían antes?" A lo que la señora Marta respondió: "Vivíamos en la Av. 52, entre la 11 y la 13, en ese edificio torre, nuevo, frente al supermercado".

Aquí ya la señora Elvira enmudeció. Quedó largos minutos mirando por la ventanilla sin querer enfrentar la mirada penosa de su compañera de viaje. La culpa comenzaba a carcomerla. La dirección del edificio había sido la confirmación de su sospecha. Su consigna había sido siempre: "Los reglamentos están para cumplirse", aunque ahora, después de oír esta historia, su mirada era otra. Comenzaba a reconocer que, cuando vio que su denuncia fue tenida en cuenta y ejecutada, había experimentado una secreta sensación de poder que ahora la avergonzaba. Tardó un tiempo en volver al diálogo, pero, después de unos minutos, dijo: "Bueno... a veces los niños sufren los errores de los padres".

Esta reflexión hizo reaccionar a su interlocutora de inmediato quien, con vehemencia, explicó que ni ella, ni el dueño del departamento que alquilaban conocían ese artículo del reglamento; para luego, más reflexiva que rencorosa, agregar: "Sé que existe una necesidad de reglamentar la convivencia, pero... cuando prima la letra fría a la sensatez..." y dejó en suspenso su conclusión. "El dolor fue grande", dijo, por último, y volvió a sonreír cuando, acariciando el paquete que sostenía en sus rodillas, se conformó expresando: "Con esto pretendo darle una alegría... una compensación".

La señora Elvira había comenzado a ver ese otro costado de la idea. Era como si por primera vez contemplara una postura contraria a la que siempre había sostenido. Relacionó el dolor de ese niño con el dolor de su propio hijo y sintió la necesidad de narrarle, también ella, una experiencia recientemente sufrida.

Comenzó diciendo que, a pesar de vivir en el barrio Loma Alta, había inscripto a su hijo en una escuela del otro lado del puente, en el barrio Las Acequias, porque su mejor amigo asistía a ese establecimiento. Sabía que la matrícula de ese colegio era muy valorada y escasa, por lo que, según el reglamento, todo niño que ocupara una vacante y perteneciera a otra jurisdicción podía ser removido si alguien viviendo en Las Acequias solicitaba un lugar. Se lamentó al decir que su hijo, por esa razón, asistió a esa escuela solo durante cinco meses. Ellos habían aceptado la condición de permanencia porque confiaron en que nunca se aplicaría la letra fría de esa norma. Confiaron en que el espíritu y la sensatez prevalecerían, y que nadie se atrevería a pretender la remoción de un niño solo por un reglamento tan rígido. Sin embargo, la ocasión se dio, y alguien que se había mudado recientemente a Las Acequias, solicitó ese espacio a pesar de todo.

Ahora, la señora Marta fue la que guardó silencio. Había quedado atónita. Comprendió de inmediato el dolor que su orgulloso empecinamiento por hacer cumplir lo que estaba escrito y poder inscribir a su niño en esa escuela había causado en otro niño de la misma edad, que recién comenzaba a sentirse cómodo en su nueva vida escolar y que perdería la compañía de un amigo. Al mismo tiempo, recordaba el gozo que había percibido ella al detectar poder haciendo cumplir un reglamento. Con vergüenza, resolvió ocultar el nombre de la escuela para no delatarse.

Así, por el resto del viaje, ambas guardaron un silencio culposo, un silencio que desdibujó la sonrisa con la que habían subido a la combi. Ya en el puente, frontera entre ambos barrios, el vehículo se detuvo. Todos los pasajeros, con sus valorados paquetes de regalos, comenzaron a bajar apresuradamente, impacientes por llegar a sus hogares. Las dos mamás que habían quedado silentes lo hicieron últimas y con lentitud. Se despidieron con una icónica sonrisa.

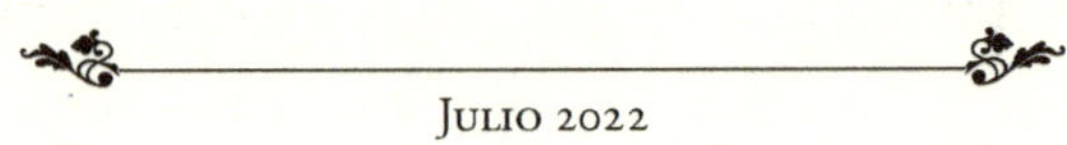

Julio 2022

[26]

La mandarina de los doce gajos

Tata amaba la historia, y yo detestaba las mandarinas. Las mandarinas olían a Yolanda, o Yolanda a mandarinas… da igual. Aunque yo la quería, ella era una niña muy especial, amada y rechazada al mismo tiempo por todas las compañeritas del grado. Su carácter rebelde, brusco y ocurrente a veces producía agrado, pero muchas veces aversión y desconcierto. Todas sabíamos que su cabello enmarañado albergaba piojos, por eso no nos acercábamos mucho a ella, pero lo que más me molestaba a mí era ese olor a mandarinas que emanaba de cada movimiento suyo. Recuerdo que un día, en un lapso de ausencia de la maestra, saltó sobre los pupitres y con sus gastadas zapatillas dio brincos de pupitre a pupitre pisoteando nuestros útiles, causando estupor y frenesí en todas… hasta que llegó a mi lugar y pisó mi cuaderno. ¡Entonces olí a mandarinas y la aborrecí!

Nuestro abuelo vivía con nosotros. Lo llamábamos Tata. Comíamos los seis a la misma mesa y en los mismos horarios, aunque Tata siempre daba su último bocado antes que todos hubiesen terminado de comer y se retiraba de la mesa a la hora de las mandarinas. Mamá se las ingeniaba para hacer que nuestra comida fuese variada y con los necesarios nutrientes, aunque no muy sabrosa. Su interés era alimentarnos, pero no le interesaba mucho cómo sabían sus platos. De todas las frutas de la estación, siempre prefería las mandarinas, tal vez por el precio. Yo las evitaba.

Cuando Tata se levantaba de la mesa lo hacía sin alejarse de nosotros. Se iba a un rincón, cerca de la ventana por donde entraba buena luz, y se sentaba a leer en su vieja reposera de mimbre. Le fascinaba la historia, pero le gustaban también las historias en plural, aunque esas, más que leerlas, las inventaba.

Yo solía mirar los ojos de Tata cuando leía. Me divertía ver el movimiento de éstos a través de los gruesos cristales de sus anteojos. Mi curiosidad de niña, a veces, me llevaba a preguntarle sobre lo que leía con tanto interés. Entonces se quitaba las lentes, apoyaba su libro y se disponía a darme una síntesis del fragmento de la historia que estaba leyendo, en términos entendibles por mí, que podía ser de historia antigua, de las civilizaciones judeocristianas, de Grecia y Roma, de la guerra civil española, o de la campaña del desierto en Argentina… cualquier tema relacionado con la historia del mundo era su pasión, y todo lo que me narraba estaba edulcorado por su fantasía, cambiados los finales y los destinos de los pueblos, haciéndome ver, como en un cuento de hadas, cómo siempre las sociedades se mueven hacia el bien, y cómo siempre triunfan los buenos. Creo que él no creía nada de lo que me decía:

me estaba relatando un cuento, y solo él podía hacerlo de esa forma. Esas eran sus historias en plural.

Cuando mamá descubría que yo ni había probado mi mandarina, se enojaba conmigo. A veces tenía la paciencia de hablarme sobre las propiedades de esa fruta, pero muchas veces perdía la paciencia y me obligaba a comerlas sin protestar. Mis hermanos las comían con gusto. Yo prefería los relatos de Tata y eran ellos mi excusa para evadir ese postre detestado y alejarme de la mesa. Para mí... las mandarinas siempre olían a Yolanda... o Yolanda a mandarinas...

Un día Tata, cansado tal vez de oír siempre la misma discusión, me llamó desde su rincón de lectura y me sugirió una forma curiosa de comerlas. Con tono sentencioso me explicó que debía separar uno a uno sus gajos, ubicarlos alrededor del plato en idéntica posición formando una rueda lo más simétricamente posible, contarlos, e informarle a él el número obtenido; y sólo después, comerlos. Fue tan rotundo y contundente en su aserción que decidí obedecerle a rajatablas. Aunque él no me lo dijo, yo entendí que era un secreto para guardar entre los dos.

Desde ese día no volví a protestar sobre las mandarinas. Al contrario, cuando mamá las traía a la mesa, yo tomaba la mía con avidez. Uno a uno separaba los gajos, los ordenaba sobre el ala del plato como si estuviera decorándolo, y luego los contaba. Entonces, dirigiendo mi mirada hacia Tata, decía en voz alta: "¡Diez!". Tata me miraba con una sonrisa y me hacía el gesto consabido de unir sus dedos y llevárselos hacia la boca, invitándome a comerlos.

Esto sucedió día tras día por largo tiempo. Siempre mi: "¡Diez!" era acompañado por el gesto del abuelo, como si me dijera: "Ahora… a comerlos".

"Diez… diez…diez… diez…". Hasta que un día conté "nueve". Cuando, intrigada por saber cuál sería la respuesta de Tata, éste no varió su actitud y solo me dijo: "Es igual. Comelos", yo le creí y obedecí.

Mamá se veía contenta al percibir que un "jueguito" del abuelo estuviera dando tan buen resultado y nunca mostró intriga por saber por qué yo gritaba "Diez" todos los días. Nunca nadie sospechó que estaba refiriéndome al número de gajos de la mandarina, que yo siempre contaba.

Pasado más de un mes de repetir la secreta rutina con Tata, un día, al pelar la mandarina, separar los gajos, ordenarlos y luego contarlos: uno…, dos…, tres…, cuatro… ¡llegué a doce!! Sorprendida volví a hacer el recuento. Esta vez observé que dos gajos eran gemelos, solo tuve que despegar una delgada membrana para separarlos y… nuevamente recontados, el número me dio ¡doce!

Entonces, sí, miré a Tata azorada sin saber qué decirle. Por fin, con timidez, esbocé un: "Cuento doce", para lo que no obtuve respuesta. Tata pareció no haberme oído. Yo insistí un poco más fuerte: "Cuento doce". Fue en eso cuando alzó la cabeza de su libro, se puso serio, se quitó los anteojos y me llamó para que me sentara a su lado. Ya se habían retirado todos del comedor. Mamá entraba y salía recogiendo la mesa. Se notaba que él quería hablarme a solas. Esperó un rato y luego, cuando la casa se aquietó, comenzó a hablarme.

Me contó que en un pueblo de una civilización lejana que cultivaba mandarinas un día apareció un árbol que daba mandarinas con propiedades mágicas y curativas. Se diferenciaba de las demás en el número de gajos, ésta tenía doce, cuando las demás solo diez o, a veces, nueve. Además, esta fruta tenía un aroma y un sabor únicos. Los habitantes de ese lugar, que tenían una profunda conexión con la tierra y la naturaleza, se embarcaron en una emocionante búsqueda para descubrir el origen y el significado de ese fenómeno. Y así descubrieron que, según la tradición de varias generaciones, esa mandarina estaba destinada a aparecer en momentos de necesidad, cuando el pueblo enfrentara desafíos insuperables.

Me narró que, a medida que el pueblo se unía más y más para cuidar y cultivar este mandarino único, su fruto se fue convirtiendo en un símbolo de unidad y esperanza, y que las generaciones que les sucedieron se sintieron inspiradas en esta historia y decidieron cuidar la tierra y mantener vivo el secreto de las mandarinas de los doce gajos. Era ya un emblema de cooperación, respeto por la tierra y capacidad de superar los desafíos.

Nunca supe si esta historia la leyó en alguno de sus libros o simplemente la creó su imaginación para, una vez más, endulzarme un relato que me ayudara a reconciliarme con las mandarinas.

Hoy el placer que me da comer una mandarina al sol y recordar a Yolanda con una sonrisa se lo debo al ardid de Tata quien resultó ser "una buena mandarina" al lograr hacerme gustar de un cítrico tan subestimado por medio de una de sus historias… en plural.

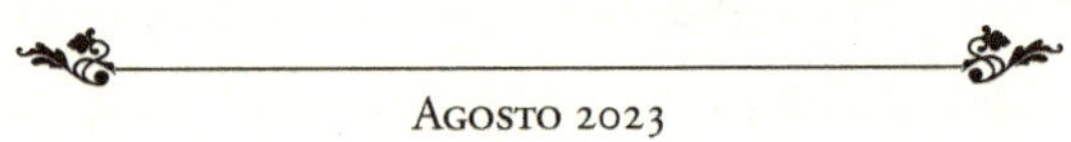

Agosto 2023

[27]

Temporal

Con el libro que tanto anhelaba leer y que había tenido que posponer varias veces, decidió regalarse ese momento de lectura que mucho disfrutaba. Hoy era el día perfecto para entregarse a la ficción de la novela con concentración y paz, estableciendo una conexión personal con el texto, como le gustaba hacer.

Eran alrededor de las nueve de la noche, estaba sola y disponía de todo el tiempo que el libro le demandara. Se arrellanó en el sillón más cómodo, prendió la lámpara y, con una taza de café en una mano y el libro en la otra, se sumió en sus páginas con fervor.

Ignoraba que el servicio meteorológico había anunciado un temporal para esa noche. De haberlo sabido, quizás habría planificado otra cosa, tal vez no estar sola, porque las tormentas le aterraban.

Estaba absorta en la lectura cuando le pareció percibir el olor que precede a las lluvias y oír el viento que anuncia una tempestad. Se levantó algo inquieta y comprobó que, en verdad, se avecinaba una tormenta. Densas nubes oscurecían cada vez más la noche, y el viento ya arremolinaba el polvo y las hojas en forma de espiral junto a su ventana.

Sintió que el miedo, ese ancestral miedo a las tormentas que padecía desde niña, se apoderaba de ella hincando los dientes en sus vísceras. Presentía que algo extraño estaba por ocurrirle. No era más que la expectativa de un meteoro lo que la trastornaba, pero ella sabía que siempre sucumbía ante esa amenaza.

Apoyó el libro sobre la mesa y se dirigió a la ventana para cerrarla intentando aislarse del exterior, cuando, repentinamente, se apagaron las luces. Su temor la obligó a buscar una fuente de luz y seguridad en medio del apagón. Aunque sabía que era habitual que se cortara el suministro de electricidad cuando se esperaba una tormenta fuerte, la súbita oscuridad la inquietó aun más. Buscó el apoyo de la mesa, de la que no se había alejado demasiado. Un refusilo iluminó la escena y se vio, por un segundo, rodeada de los objetos que le eran familiares. El solo hecho de verlos la tranquilizó y pensó que una vela o una linterna la calmarían más. Dispuesta a ir en su busca, tanteando su andar, dio unos pasos alejándose de su sillón en dirección al mueble donde suponía encontrar la linterna. Manoteó el cajón y buscó con ansia. No logró palpar la linterna que buscaba, pero halló una caja de fósforos. Encendió uno y, con su débil lumbre, logró orientarse para volver al sillón, a su lugar preferido para la lectura, deseando encontrar refugio allí. Trató de protegerse del peligro que significaba una tormenta para ella. Se sentó con el fósforo aún encendido en su mano, cuando, de pronto, oyó una voz que le decía: "¿Qué temes?"

Entonces, sorprendida, con la parpadeante luz del fósforo, pudo ver la imagen de un hombre sentado frente a ella. Era, sin dudas, el personaje del libro que había estado leyendo. Era tal cual ella lo había imaginado, el que la había subyugado por su serena manera de actuar dado el conflicto de la trama. Le fascinaba su personalidad. Un personaje con algo de caballero y algo de salvaje, con cabellos blancos y ojos perdidos en un horizonte lejano. Hasta donde había alcanzado a leer, ella se había dejado envolver en los vericuetos de una difícil situación y era precisamente ese personaje el que traía cordura y calma a la circunstancia. Ese hombre, allí sentado en un sillón, representaba el coraje que ella adolecía y tanto admiraba.

Alcanzó a responder: "A todo", como si estuviese hablando sola. Entonces el fósforo se apagó. Pensó que el miedo la estaba haciendo alucinar imaginando un interlocutor invisible que la trataba de apaciguar. Pero luego, a la luz de un refusilo, en un segundo de claridad que no duró más que eso, un segundo, lo volvió a ver. "No hay nada que temer", le decía ahora. "Todo pasa. Todo es temporal". Le siguió una oscuridad total, dentro del salón y dentro de su confusa mente, y un silencio prolongado.

El temporal, implacable, ya golpeaba los tejados, las puertas y ventanas. Ella siguió sentada en su sillón, inmóvil, tratando de meditar esas palabras, envuelta en la penumbra. De a poco fue fluyendo entre los dos una interesante conversación. Él, con su modo de interpretar la vida, iba explicando los acontecimientos del argumento del libro, poniendo claridad a una complicada situación. Ella, tratando de no interrumpir su relato, le formulaba, de tanto en tanto, alguna pregunta referida a su actitud. Su sensatez le hablaba de despejar los miedos y, a medida que avanzaba en el desarrollo del argumento, iba ayudando a su interlocutora a calmar sus angustias y aplacar sus temores, mientras la lluvia que se había convertido en diluvio, azotaba sin pausa.

La conversación siguió durante mucho tiempo, en el que sólo lo veía temporalmente, cuando algún relámpago lo iluminaba. Perdió la noción del tiempo, las palabras que estaba oyendo, o que le parecía oír, resonaban en su mente y la llamaban a una nueva fuerza, más allá de sus temores. Sintió el mismo gozo que le proporcionaba la lectura, pero esta vez no eran sus ojos los que disfrutaban de las palabras, sino sus oídos los que se deleitaban con ellas.

Un nuevo relámpago encendió la escena y ahora pudo comprobar que el personaje ya no estaba. Su figura se había desvanecido con el último refusilo y tras la última frase. Estaba sola, la lluvia comenzaba a amainar de a poco, dejando un susurro lejano y constante. Comprendió que había aparecido en su imaginación producto del trastorno que sufría desde su infancia, diagnosticado por los médicos como "brontofobia", o temor intenso e irracional a los rayos, los truenos y los relámpagos. "Una exposición consciente a esas amenazas con control mental y relajación", le habían dicho los médicos, "podría hacerla superar este trastorno". La presencia del personaje había sido una manifestación de su deseo de superar sus miedos como también la terapia sanadora que ansiaba. El temporal exterior era solo un reflejo de la tormenta interior que había llevado siempre consigo.

Al encender un nuevo fósforo se dio cuenta de que el libro había caído al suelo, abierto por la mitad. Con cuidado lo recogió y, en la luz temblorosa del fósforo, sus ojos se encontraron con un fragmento que no recordaba haber leído. Las palabras brillaban con un significado especial: "La valentía no es la ausencia del miedo, sino la capacidad de actuar a pesar de él", leyó.

Habían transcurrido horas desde que se dispusiera a leer. Con la calma instalada en su corazón vio amanecer el día. Al igual que la tormenta, sus miedos también habían pasado. Recogió su taza de café y, con una sonrisa, tranquila, abrió la ventana y dejó entrar el aire fresco y el canto de los pájaros, sintiendo una nueva fortaleza que no sabía que poseía.

Febrero 2021

[28]

Cuentos constelados

Nuestro planeta,
un punto en el espacio infinito.
Un cuerpo celeste iluminado.
Un mundo en el que habitan vidas
que gozan, sufren, sueñan,
que quieren perpetuarse.

Numerosas nubes espirales
conforman nuestro cielo.
Galaxias que a años luz
nos dejan solos,
pisando el mismo suelo.

Seres amalgamados por un origen común
pero diferenciados por designios ocultos,
circunstancias.
Existencias que laten
en un universo en expansión.
Estrellas que brillan en el firmamento
con sus historias y relatos
formando cuentos

nacidos del espacio interior de cada personaje;
formando una constelación
de "cuentos constelados".

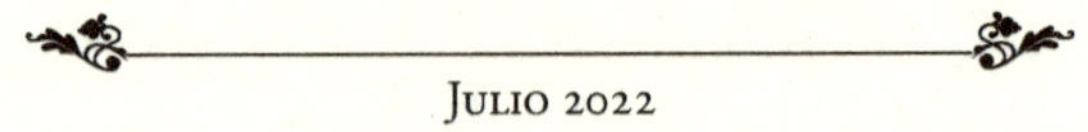

Julio 2022

[𝄞]

Los cuentos de Elsita

por Felipe Miño

♩= 125 repetir sin calderón

Guitarra

mp

6

1. 2.

12

f

E7 (b9)

18

Am

¢. III ¢.VIII ¢.V

mp

24

30

36

42
48
54
1.
2.
59
4
E7 (b9)
Am
f
66
p
71
mp
78
p
84
rit.
a tempo
mp
90
rit.

www.ingramcontent.com/pod-product-compliance
Lightning Source LLC
LaVergne TN
LVHW091323150826

845673LV00006B/1749

* 9 7 8 8 4 1 9 8 3 0 9 1 3 *